BEFORE

After – Saison 7

On ne présente plus Anna Todd ! Forte de son succès avec *After*, Anna a voyagé aux quatre coins de la Terre et rencontré ses fans lors de séances de signature qui ont été des événements partout ! Sa célèbre série a fait l'objet d'une adaptation cinématographique pour la Paramount.

Paru au Livre de Poche :

Série After

After, saison 2

After, saison 3

After, saison 4

After, saison 5

Before (After – Saison 6)

Before (After – Saison 7)

Landon (Nothing More – Saison 1)

Between (Nothing Less – Landon 2)

Spring Girls

Avec les auteurs Wattpad

Imagines

ANNA TODD

Before

After – Saison 7

TRADUIT DE L'ANGLAIS (ÉTATS-UNIS) PAR ALEXIA BARAT

HUGO ET COMPAGNIE

Titre original :

BEFORE
Publié par Gallery Books, un département de Simon & Schuster, Inc.,
New York.

Ce livre est une fiction. Toute référence à des événements historiques, des personnes ou des lieux réels serait utilisée de façon fictive. Les autres noms, personnages, lieux et événements sont issus de l'imagination de l'auteur, et toute ressemblance avec des personnages vivants ou ayant existé serait totalement fortuite.

ISBN : 978-2-253-06942-3 – 1re publication LGF

LA PLAYLIST DE *Tessa* ET *Hardin*

« Never Say Never » par The Fray
« Demons » par Imagine Dragons
« Poison & Wine » par The Civil Wars
« I'm a Mess » par Ed Sheeran
« Robbers » par The 1975
« Change Your Ticket » par One Direction
« The Hills » par The Weeknd
« In My Veins » par Andrew Belle
« Endlessly » par The Cab
« Colors » par Halsey
« Beautiful Disaster » par Kelly Clarkson
« Let Her Go » par Passenger
« Say Something » par A Great Big World,
ft. Christina Aguilera
« All You Ever » par Hunter Hayes
« Blood Bank » par Bon Iver
« Night Changes » par One Direction
« A Drop in the Ocean » par Ron Pope
« Heartbreak Warfare » par John Mayer
« Beautiful Disaster » par Jon McLaughlin
« Through the Dark » par One Direction
« Shiver » par Coldplay
« All I Want » par Kodaline
« Breathe Me » par Sia

DEUXIÈME SAISON

PARTIE II
Pendant

1

Toute sa vie, il s'était construit une solitude qui l'empêchait de souffrir.

Mais la fille prenait chaque jour un peu plus de place, trop de place. Elle connaissait maintenant une partie de la vérité sur son père, la part positive d'une vie en deux actes. La part sombre, il était le seul à la connaître et ne voulait pas la partager. Il ne voulait pas l'entraîner dans le chaos de son enfance, dont elle aurait forcément envie de l'aider à sortir. Sans l'ombre d'un doute.

Cela lui faisait mal d'avoir à choisir entre la douleur qu'il lui causerait en gagnant le pari et celle qu'elle provoquerait en démêlant les nœuds de son passé.

Il avait décidé de partir.

Je viens à peine d'arriver dans ma chambre quand je reçois un texto de Molly :

ZED EST AVEC MISS BARBIE VIERGE DANS LA CHAMBRE. RAMÈNE TES FESSES, TOMBEUR.

En écrivant ma réponse, je me demande pourquoi c'est Molly justement qui me vient en aide…

QUOI ? COMMENT TU SAIS ?

Putain, serait-elle de mon côté ?

JE NE SUIS PAS UNE BALANCE.

Je peux presque entendre son ton moqueur traverser l'écran. J'enfile mes boots noirs, l'intérieur en est usé, mais j'attends de les ruiner complètement avant d'en changer. Je les ai depuis des années et n'ai jamais rien trouvé d'aussi confortable.

Je sens que j'ai obtenu de Molly tout ce que je pouvais savoir, donc avant de mettre un pied dehors, j'envoie un texto à Steph :

TESSA EST AVEC ZED ?

Sa réponse est immédiate : NAN PAS ICI ☺

Je sais qu'elle ment. J'écrase le pied contre la pédale d'accélérateur. Putain, je ne peux pas laisser faire Zed.

• ——— •

Quand j'ouvre la porte, Tessa est sur le lit de Steph avec Zed. Son lit à elle est inoccupé. Un petit lit, avec Zed. Steph et Tristan sont là aussi. Tessa est juste assise, rien de plus, mais quand même.

Elle est avec Zed. Sur un lit. Sur un lit avec Zed.

Ça sonne comme la pire des rimes du Dr Seuss[1].

Ça me rend complètement fou.

— Hé mec, tu pourrais frapper une fois de temps en temps.

Steph joue la débile. Elle savait très bien que je déboulerais ici. Elle voulait que je le sache – c'est pour ça qu'elle l'a dit à Molly, j'en suis sûr. Je suis juste étonné que Molly m'en ait parlé. Steph me regarde et se met à rire.

— J'aurais pu être à poil !

Aurait pu ? *A été,* ses yeux malicieux me le font comprendre. Ouais, je l'ai vue complètement nue. Et je sais que ses seins sont moitié plus petits que l'effet produit par ses

1. Théodor Seuss Geisel (1904-1991), dit Dr Seuss, est un auteur-illustrateur américain connu pour ses livres d'enfants utilisant des rimes : *Le Chat chapeauté, Le grincheux qui voulait gâcher Noël… (Note de la traductrice.)*

soutiens-gorge rembourrés. Mais bon, elle a quand même l'un des plus beaux culs que j'ai jamais tenus dans mes mains…

J'avance dans la chambre et balance :

— Ça n'aurait pas été une découverte.

Tessa et Tristan tirent tous les deux une tête de dix pieds de long.

— Oh ! Tais-toi.

Steph rigole. Elle adore avoir l'attention qu'elle recherche en permanence.

— Vous faites quelque chose, les gars ?

Je m'assieds sur le lit de Tessa, en face d'eux. Au moins, Zed n'est pas sur *son* lit. Je suppose que c'est une sorte de soulagement… d'une certaine manière.

À l'autre bout de la pièce, Zed affiche un grand sourire. *Bordel de merde, pourquoi sourit-il ?*

— On voulait aller au ciné. Tessa, tu viens ?

Tessa me regarde d'abord, puis tourne la tête vers lui. Elle semble nerveuse. Elle est sur le point de dire oui ! Avant qu'il ne soit trop tard, j'interviens :

— En fait, Tessa et moi avions des projets.

Je fixe Zed en signe d'avertissement. Il cligne lentement des yeux comme pour me défier. Tristan ne dit pas un mot. Il ne veut pas se mêler de nos histoires. C'est un mec bien en fait. Sauf qu'il sort avec une vraie garce.

— Quoi ? s'exclament Steph et Zed, à l'unisson.

— Ouais, je suis venu la chercher.

Mais Tessa ne bouge pas d'un poil. Elle reste assise.

— T'es prête ou quoi ?

Elle semble en plein conflit, comme si elle luttait avec elle-même.

Alors que je m'apprête à me déplacer pour la convaincre, elle secoue la tête et se lève du lit.

— Bon, ben, à plus tard les gars !

Ma voix est trop forte et je pousse Tessa dehors si vite qu'on dirait que je suis sous coke ou un truc dans le genre.

Dehors, Tessa me suit en faisant de petits pas rapides pour me rattraper. Ses jambes sont plutôt grandes et ses cuisses un peu épaisses. J'imagine les tenir entre mes mains pendant que je la prends, penchée sur le capot de ma voiture. J'essaie de ne pas penser à ça quand elle se trouve si près de moi. Mon membre est douloureux, il me supplie d'imaginer la douceur de sa peau et comme j'aimerais juste la serrer contre moi…

J'interromps le cours de mes pensées quand je comprends que nous sommes arrivés à ma voiture. Je lui ouvre la portière du côté passager. Mais pour une raison qui m'échappe, je vois qu'elle ne bouge pas. Au lieu de ça, elle reste là, les bras croisés, ce qui met ses seins en valeur.

Elle cherche sûrement à me montrer qu'elle est en colère, mais là tout de suite, elle est juste hypersexy. Je la regarde d'un air sarcastique :

— D'accord, je me souviendrai de ne plus jamais t'ouvrir la portière à l'avenir…

Elle secoue la tête, et je sens qu'elle va exploser.

— C'était quoi, ça ? Je sais pertinemment que tu n'es pas venu me chercher, tu venais à peine de me dire que tu ne voulais pas sortir avec moi !

Elle hurle à présent. Je jette un œil, le parking est loin d'être désert. Elle ne semble pas remarquer les gens autour de nous. Tessa n'a pourtant pas l'air d'être le genre de fille qui se donne en spectacle, même si c'est la deuxième fois que nous nous engueulons en public.

Elle me rend complètement dingue.

— Si, je suis venu pour ça. Maintenant, monte dans la voiture.

Je fais un signe pour lui indiquer de grimper à l'intérieur, que j'ai entièrement nettoyé – elle ferait mieux de monter. Mais elle me lance, sur un ton de défi :

— Non ! Si tu refuses de reconnaître que tu n'es pas venu pour me voir, je rentre immédiatement et je vais au ciné avec Zed !

C'est quoi son problème ? Elle dit que *je* suis grossier, et voilà comment elle me traite ? Hypocrite et hargneuse, voilà ce qu'elle est.

Putain, mais je réponds quoi à ça ?

Devrais-je lui dire que Molly m'a prévenu ? Bordel, non – Pinkie ne me balancera plus jamais aucune info. Et pourquoi Tessa me menacerait-elle de sortir avec Zed ? Serait-elle au courant du pari ? Est-elle dans le coup avec Steph ?

Je ne sais pratiquement rien d'elle, et là je lui trouve un petit air absent. Je parie que Steph lui a parlé.

— Reconnais-le, Hardin, ou je m'en vais.

Je n'arrive pas à discerner si elle se joue de moi ou pas. Elle semble véritablement contrariée, ses narines se dilatent – c'est plutôt comique. Je vais mettre ça sur le compte de son ego blessé.

— Ok, d'accord. Je l'admets. Maintenant, monte dans cette fichue voiture. Je ne vais pas te supplier.

Je veux remporter le pari, mais c'est en train de devenir vraiment compliqué. Et je n'ai pas l'intention de m'investir davantage si c'est pour que ce soit mon pote qui remporte la victoire. Je monte du côté conducteur tout en laissant la porte de son côté ouverte, si elle veut monter.

Sans surprise, elle s'exécute.

Quand je sors du parking, je suis hyper-énervé. J'avais annulé ce rencard – j'étais prêt à partir – et pourtant, voilà, je me retrouve avec elle maintenant. Ma tête est sur le point d'exploser et mon esprit bouillonne de confusion. D'un côté, j'ai envie de hurler et de baisser toutes les vitres pour évacuer les cris qui m'étouffent, mais de l'autre, je sens une forme d'apaisement monter en moi, lentement, un apaisement empreint de sérénité. Je mets la musique pour arrêter de gamberger. Ça marche d'habitude : des mecs chantant, ou plutôt hurlant des paroles sur la mort et leur dépression à coups de couplets répétitifs – avec des solos de batterie tonitruants qui accentuent la rage.

Tessa, qui ne semble pas apprécier Slipknot[1], tend le bras pour l'éteindre. Elle a du cran, putain !

— Ne touche pas à ma radio.

— Si tu dois te montrer aussi désagréable, je ne vais pas me balader avec toi.

Tessa me menace. Elle s'enfonce dans le siège en cuir pour rendre la situation encore plus dramatique.

— Ok, mais ne touche pas à ma radio.

J'ai du mal à respirer, et ma panique se noie dans le bruit. Quand je tourne la tête vers elle, je la vois fixer la radio, les yeux pleins de rage. Cette vision atténue instantanément ma mauvaise humeur et me donne envie d'éclater de rire, même si ce n'est sûrement pas le meilleur moment pour faire ça.

— Qu'est-ce que tu en as à faire que j'aille au ciné avec Zed, d'abord ? Steph et Tristan y allaient, eux aussi.

Tessa relève le menton pour souligner sa remarque.

Oh, comme une soirée entre couples ? Nan, mais c'est quoi ça ?

---

1. Groupe américain de nu métal. *(Note de la traductrice.)*

— Je ne pense pas que Zed ait de bonnes intentions.

Comme je ne sais pas quoi ajouter d'autre, je fixe la route.

Après quelques secondes d'un silence pesant, Tessa se met à rigoler. *Qu'est-ce qui cloche chez elle ?*

— Oh, parce que toi, oui ? Zed est gentil avec moi, lui au moins.

Elle ne s'arrête plus de rire. Zed est gentil avec elle ? *Gentil ?*

Il a parié qu'il pourrait te dépuceler, chérie, mais ce n'est pas une chose à lui dire.

Sans doute parce que moi aussi.

Je ne dis plus un mot, Tessa reste sur ses gardes. Puis elle crie par-dessus la musique :

— Pourrais-tu baisser, *s'il te plaît ?*

Je fais un signe de tête et me dis que ça la mettra sans doute de meilleure humeur.

— C'est vraiment horrible cette musique.

Je savais qu'elle n'aimerait pas ; il suffit de la regarder pour savoir qu'elle écoute un certain genre de musique. Totalement opposé au mien.

Mes doigts pianotent sur le volant et je remarque que Tessa fait la même chose distraitement sur ses cuisses.

— Pas du tout. Mais ça m'intéresserait de savoir ce que tu considères comme de la *bonne* musique.

Je souris en pensant à sa playlist d'adolescente : 'N Sync, Jessica Simpson et, sans aucun doute, des morceaux de cette épouvantable fille du groupe Mother England. Ça doit être à peu près tout.

Elle réfléchit à la question quelques secondes.

— Eh bien, j'aime Bon Iver, et aussi The Fray.

— Ça ne m'étonne pas de toi.

Un groupe catho et l'autre hipster à mort. Rien de bien surprenant et pas assez puissant pour moi.

— Qu'est-ce que tu leur reproches ? Ils ont un talent fou et leur musique est formidable.

Elle a l'air complètement passionnée. Quand mes yeux croisent les siens, elle détourne la tête et regarde par la fenêtre.

— Ouais… ils ont un talent. Un super-talent pour endormir les gens.

Tessa me donne gentiment une tape sur l'épaule. C'est une chose étrange que les couples font tout le temps, mais personne ne me l'avait jamais fait.

— De toute façon, c'est comme ça, je les adore.

Elle sourit fièrement. Elle semble passer un bon moment.

— Où va-t-on ?

— Dans un de mes endroits préférés.

Je ne lui donne pas de réponse précise. Elle est bien trop curieuse mais, comme je m'y attendais, elle insiste. Elle est trop obsessionnelle pour s'en empêcher.

— Et c'est où ?

— Tu veux toujours tout savoir à l'avance, hein ?

J'essaie de renverser la situation.

— Ouais… j'aime bien…

— Tout contrôler ?

Elle garde le silence.

Je décide de laisser tomber pour le moment. Je ne veux pas lui mettre la pression.

— Je te le dirai une fois que nous y serons… c'est-à-dire dans cinq minutes tout au plus.

Alors que nous continuons de rouler, Tessa regarde autour d'elle, désorientée. Je vois qu'elle lutte pour contenir ses questions. Elle essaie de se détendre, et ça me facilite les choses. Puis je la vois fixer quelque chose sur la banquette arrière.

— Il y a quelque chose qui te fait envie derrière ?

Je la taquine, et elle secoue la tête. Une mèche de ses longs cheveux tombe sur son épaule, mais elle la repousse. Ses cheveux ont l'air si doux. Je me demande si c'est une blonde naturelle. Je repense à sa mère et suis certain que oui.

— Qu'est-ce que c'est comme voiture ?

Elle fixe ses chaussures.

— Une Ford Capri, c'est une voiture ancienne.

J'aime ma voiture plus que moi-même, et je suis hyper-fier de l'avoir. Tessa engage doucement la conversation tandis que je lui parle des détails techniques de ma voiture et de sa conduite silencieuse. Elle sourit en hochant la tête. Même si je ne suis pas sûr qu'elle comprenne tout ce que je dis, c'est particulièrement agréable de parler à quelqu'un de normal, pour une fois.

Quelques minutes plus tard, je tourne la tête vers elle et la surprends en train de m'observer. Je sens une pression monter derrière ma nuque et ramper le long de ma colonne vertébrale.

Trop proche. Elle devient trop proche. *C'est un jeu, Hardin. Traite-la comme un pion.*

Je déteste qu'on me dévisage.

J'essaie de garder un visage neutre.

Elle est si curieuse, et je suis en train de me rendre compte que j'aime ça plus que je ne le voudrais.

2

J'emprunte un dernier chemin sinueux et arrête la voiture au bout d'un sentier gravillonné, surplombé de grands arbres. J'adore cet endroit ; personne ne vient jamais ici, et c'est parfait comme ça. Surtout par une belle journée comme aujourd'hui. Il est si rare qu'il ne pleuve pas dans la Péninsule Olympique. Le ciel maussade est l'une de ces choses auxquelles j'étais habitué, ayant grandi à Hampstead ; le soleil se montrait rarement pendant la saison automnale.

Tessa observe les alentours, puis fronce les sourcils.

— Ne t'inquiète pas, je ne t'ai pas amenée ici pour te tuer !

J'essaie de lui arracher un sourire ; nous sortons de la voiture.

Elle pose son regard sur le champ de fleurs sauvages jaunes. Ses épaules se détendent un peu. *À quoi pense-t-elle ?*

— Qu'est-ce qu'on est venus faire ici ?

— Premièrement, un peu de marche.

Tessa soupire en me suivant sur le chemin de terre, autrefois un sentier herbacé. Elle a déjà l'air renfrogné. À quoi est-ce que *je* m'attendais ?

— Pas trop de marche.

Elle n'a pas confiance en moi et semble être de mauvais poil aujourd'hui. Va savoir quand ne l'est-elle pas ? Mon attention se porte sur les nuages de poussière que forment mes boots en frappant le chemin sec et poussiéreux. Les pas de Tessa sont silencieux. Elle est d'une lenteur incroyable.

— Bien, si on se dépêche, on pourra peut-être arriver avant le coucher du soleil.

Je la taquine alors que nous atteignons un arbre autour duquel est attaché un vélo abandonné, signe que nous avons déjà parcouru la moitié du chemin. Il reste donc environ deux kilomètres. Pas si mal. Tessa ralentit encore, mais quand nous atteignons la rivière, son visage affiche une expression radieuse. Elle reste sans voix, la bouche entrouverte et les yeux écarquillés. Comme si ce simple ruisseau au milieu des bois était magique.

Aime-t-elle seulement nager ? J'aurais sûrement dû lui poser la question.

Je reste silencieux et la laisse prendre ses marques avant de lui demander quoi que ce soit. Maintenant que nous sommes seuls tous les deux, je n'arrive pas à penser à un quelconque foutu sujet de conversation. Peut-être devrais-je juste aller dans l'eau ? Tessa n'a pas bougé d'un poil. Elle donne des petits coups dans la poussière avec sa chaussure pour éviter de me regarder.

Putain, quelle situation gênante de merde ! Je vais me baigner.

Quand j'ôte mon t-shirt, je discerne un inévitable petit gémissement dans la bouche de Tessa. Elle ne parle pas beaucoup, mais chacun de ses états d'âme s'accompagne d'un son particulier. Un soupir quand elle sourit, un râle quand elle est en colère et un gémissement quand elle est excitée.

— Pourquoi tu te déshabilles ?

Je crois qu'elle ne se rend pas compte de la manière dont elle fixe ma poitrine. Elle se racle la gorge et continue :

— Tu vas te baigner ? Là-dedans ?

Elle pointe l'eau du doigt avec un air de dégoût. Bien évidemment, Mademoiselle Prude n'a pas envie de mouiller ses vêtements ni ses cheveux.

— Ouais, et toi aussi. Je fais ça tout le temps.

Je fais sauter le bouton de mon jean pendant que Tessa continue de se plaindre.

Elle ne cesse de me fixer tandis que je me déshabille.

— Hors de question. Je ne me baigne pas là.

L'eau est plus claire que dans la majorité des lacs. Ce qui est précisément la raison pour laquelle je ne supporte pas ces filles coincées et snobs, effrayées à l'idée de se salir ou de se casser un ongle.

— Et pourquoi pas ? Elle est si propre qu'on peut voir le fond.

Je montre l'eau scintillante. Je pensais qu'elle serait plus impressionnée que ça. Le fait de ne jamais savoir à quoi elle pense me perturbe.

— Et alors… il y a probablement des poissons et Dieu sait quoi là-dedans !

Elle hurle.

Des poissons ? Sérieux ? C'est donc ça qui inquiète cette fille étrange ?

— En plus, tu ne m'as pas prévenue que nous allions nous baigner et je n'ai pas de maillot.

— Tu veux me faire croire que tu es le genre de fille qui ne porte pas de sous-vêtements ? Tu vois, alors tu peux te baigner en culotte et soutien-gorge.

Je lui souris, crevant intérieurement d'impatience de la voir dans un tel attirail. Je sais qu'elle ne le fera jamais. La colère grandit dans ses yeux gris tandis que j'attends sa réponse.

— Je ne vais pas me baigner en sous-vêtements, espèce de malade. Je vais te regarder.

Et elle s'assied sur l'herbe, au bord de la rive. Elle croise les jambes et sourit.

De nouveau, elle fixe mon corps.

Cette fois, elle arrête son regard sur la forme que prend ma queue dans mon boxer. Ses joues rougissent. Elle fait mine de regarder ailleurs et fait semblant de jouer avec des brins d'herbe qu'elle tripote entre ses doigts. Je crie avant de sauter dans l'eau :

— Tu n'es pas marrante. *Et en plus* tu te prives de quelque chose !

Puutaiiiin, l'eau est plus froide que je pensais. Je nage vers la rive opposée, là où le soleil tape toute la journée. La température change radicalement.

— Elle est super-bonne, Tess !

Tessa lève les yeux de son tas de brins d'herbe. Elle s'ennuie à mourir, et je ne sais absolument pas quoi faire. Elle ne se baignera pas avec moi – je suis censé faire quoi ?

— Jusqu'ici, c'est pas très marrant d'essayer d'être ami avec toi…

Elle lève les yeux au ciel et expose son visage au soleil.

— Enlève tes chaussures et viens au moins te tremper les pieds, si tu ne veux pas nager. Bientôt il fera trop froid pour te baigner.

Finalement, Tessa acquiesce et retire ses chaussures en les disposant soigneusement à côté d'elle. Ses chaussures sont vraiment bizarres – on dirait des bouts de tissu scotchés à un morceau de carton. Impossible qu'elles soient confortables. Elle roule ensuite le bas de son jean et mordille sa lèvre inférieure au moment de tremper un orteil dans l'eau.

Je m'attends à ce qu'elle râle mais au lieu de ça, un large sourire illumine son visage. Je lui demande :

— Alors, elle est bonne, non ?

Elle regarde autour d'elle et penche de nouveau sa tête vers le soleil.

— Allez, viens te baigner.

Je plonge ma tête dans l'eau pour la convaincre de me rejoindre.

Quand je remonte à la surface, Tessa secoue la tête. Elle ne veut toujours pas se baigner. *Mon Dieu, que cette femme est compliquée !* Je l'éclabousse, et elle hurle en reculant dans l'herbe. C'est la première fois que je me retrouve dans cet endroit avec quelqu'un ; c'est un peu étrange d'avoir de la compagnie ici.

Que puis-je faire pour la décider à venir ? La journée entière sera gâchée si elle refuse de se baigner. Il faut que je négocie avec elle. Mais qu'exigera-t-elle en retour ?

Ce n'est pas le genre de personne à faire des compromis...

— Si tu viens dans l'eau, je promets de répondre à une de tes questions indiscrètes. Celle que tu voudras, mais rien qu'une.

Je lui propose cette idée à voix haute au moment où elle me vient à l'esprit. Elle est tellement curieuse que ça devrait marcher.

— L'offre expire dans une minute.

Je dois lui imposer un temps limite ou on risque d'y passer toute cette foutue journée.

Je disparais sous l'eau en retenant ma respiration et nage quelques mètres plus loin. Je parie que Tessa est en train de me fusiller du regard à la surface. Cette pensée me fait rire, et je manque boire la tasse.

— Tessa – j'aimerais juste qu'elle cesse de réfléchir autant, bordel – arrête de te prendre la tête et saute.

Elle baisse les yeux vers ses vêtements.

— Je n'ai rien pour me changer. Si je saute dans l'eau tout habillée, je devrai rentrer avec des vêtements trempés.

— Prends mon t-shirt.

À ma proposition, elle fronce les sourcils et regarde le bout de tissu en question posé sur l'herbe.

— Allez, mets mon t-shirt, il est assez long pour que tu te baignes avec, et tu n'as qu'à garder ton soutien-gorge et ta culotte, si ça te chante.

J'apprécierais vraiment qu'elle ne *garde pas* ses sous-vêtements, mais c'est elle qui décide, bien sûr.

Tessa regarde autour d'elle, prenant en considération l'eau ainsi que mon corps à moitié nu, avant de finalement ramasser mon t-shirt sur le sol. J'ai gagné !

— D'accord, mais tourne-toi et ne me regarde pas pendant que je me change… je ne plaisante pas !

Quelle petite pimbêche ! Elle pose sa main sur sa hanche pour se donner une contenance.

Ça y est, le petit lionceau enragé est de retour. Je rigole, puis elle fait ce truc bizarre avec ses hanches, en les basculant d'avant en arrière. Elle retire son haut tout en coinçant mon t-shirt entre ses cuisses. Je me détourne rapidement. Je suis un gentleman – parfaitement.

— Dépêche-toi, bon sang, sinon je me retourne.

Impatient, je lui fais cette remarque après avoir compté dans ma tête jusqu'à trente. Je la regarde furtivement pendant qu'elle plie et dispose son jean en parfaite ligne droite avec ses chaussures. C'est une vraie psychopathe d'aligner ses chaussures comme ça. Un instant, je me demande comment elle réagirait si je balançais ses chaussures dans l'eau. Elle serait folle. Je retiens un sourire et regarde enfin son corps. Ses jambes sont bronzées – c'est la première chose que je remarque. Mon t-shirt épouse parfaitement son corps. Putain, à cause de la taille de ses seins, le t-shirt retombe à peine sur le haut de ses cuisses. Je pince l'anneau de ma lèvre entre mes dents et apprécie la vue qui s'offre à moi.

— Hum… tu viens dans l'eau, oui ou non ? Vas-y, saute !

Je me racle la gorge et me retiens de fixer le haut de ses cuisses.

— J'arrive, j'arrive.

— Prends un peu d'élan.

— Ok.

Tessa respire un grand coup, puis se met à courir maladroitement vers l'eau, raide comme un piquet. Elle pousse un cri perçant, se couvre le visage en atteignant le bord de la berge et s'arrête net.

— Oh non ! Tu étais si bien partie !

Mes éclats de rire résonnent dans l'espace qui nous sépare. Je la regarde de nouveau. Elle me fixe en souriant sous les rayons du soleil. Ça me perturbe. Que sommes-nous en train de faire ? Rigoler ensemble dans un cours d'eau ? C'est quoi ça ? On dirait un film de Nicholas Sparks où le couple qui se dispute est si mignon que la bande-annonce se répand comme une traînée de poudre sur Internet. Des femmes lassées de leur quotidien qui espèrent avoir trouvé un héros de roman pour les sauver. Quelles conneries ! Et elles finissent systématiquement avec un mari de merde qui n'en aura rien à foutre d'elles et qui fera toujours passer sa petite personne avant sa femme ou sa famille.

— Je ne peux pas !

Elle semble assez agitée. Aurait-elle peur de l'eau en réalité ?

Seigneur.

— Tu as peur ?

— Non… je ne sais pas. Si, un peu.

Je m'avance vers elle, puis prends appui sur un gros rocher sous l'eau.

— Assieds-toi au bord, je vais t'aider à descendre.

Je la rejoins tandis qu'elle s'assied plus près de moi. Elle tente de cacher sa culotte en serrant les jambes, et j'apprécie l'effort. C'est bien la dernière chose dont j'ai besoin maintenant, une distraction.

Mes mains agrippent ses cuisses, et ma queue durcit instantanément.

Putain, c'est sa faute aussi ! Elle n'a qu'à pas avoir des cuisses si douces et attirantes qui me donnent envie d'y plonger la tête.

— Prête ?

Je prends une grande inspiration et remonte jusqu'à sa taille. Ses hanches se fondent dans mes mains, et je lutte comme un forcené pour garder mon calme. Mes mains me démangent. J'ai envie d'empoigner ses hanches, de la faire basculer et de la prendre là, tout de suite.

C'est quoi mon problème ? Je ne suis pas aussi excité d'habitude. C'est sa candeur et son corps affolant ? Ou bien est-ce le challenge de la posséder, pour battre Zed ?

Sa peau est brûlante quand elle rentre dans l'eau. Je la libère. L'eau lui arrive à peine à la poitrine. Elle écarte ses mains devant elle pour en apprécier la fraîcheur.

Elle a la chair de poule, et les petites pointes sur sa peau sont accentuées par les rayons du soleil.

— Ne reste pas plantée là comme un piquet.

J'ai besoin que tu bouges pour que je ne passe pas toute cette putain de journée à te fixer.

Elle fait semblant de m'ignorer, mais s'engage tout de même vers le milieu de la rivière. Elle s'avance et l'eau claire pénètre sous le t-shirt qui remonte. Avant même que j'aie le temps de regarder ailleurs, Tessa le remet en place et tire dessus du mieux qu'elle peut.

— Tu ferais aussi bien de l'enlever.

C'est clair que je ne m'en plaindrais pas.

Tessa fronce le nez et donne une grande claque dans l'eau – putain, viendrait-elle juste de *m'éclabousser ?* Même si ça me fait chier, je dois bien reconnaître que ça m'amuse.

— Tu as osé m'éclabousser ?

Tessa éclate de rire et recommence.

Je secoue mes cheveux dégoulinants et bondis sur elle. Je la saisis par la taille et la fais couler au moment où sa petite main remonte pour se pincer le nez. Elle se pince encore le nez ?

J'explose de rire.

— Je ne sais pas ce qui est le plus drôle, le fait que tu t'éclates ou le fait que tu te pinces le nez sous l'eau.

J'arrive à peine à articuler tellement je ris.

Tessa s'avance vers moi avec le regard d'une femme investie d'une mission. Soudain, elle tente de m'enfoncer la tête sous l'eau. C'est une tentative comique. Assez. J'essaie de ne pas faire attention au t-shirt qui flotte maintenant autour de son corps. Je ne bouge pas. Elle se moque d'elle-même. Je me bidonne tellement que j'en ai des crampes d'estomac. Son rire est si doux ; il me fait penser aux fleurs sauvages jaunes nous avons aperçues en arrivant.

— Au fait, tu dois répondre à une question, si je me souviens bien.

Je savais qu'elle n'oublierait pas, mais j'ai juste cru qu'elle attendrait un peu plus longtemps.

— C'est juste. Une question, une seule.

Elle va sûrement me demander un truc débile du genre «est-ce que tes tatouages t'ont fait mal?». J'observe la berge et me prépare à cette intrusion dans ma vie.

Sa voix brise le silence :

— Qui aimes-tu le plus au monde?

C'est quoi ce bordel?

C'est quoi ce genre de question? C'est vraiment bizarre, putain. Je n'ai pas envie d'y répondre. Je n'ai même *pas* de réponse. À présent, je me méfie encore plus d'elle et de ses conversations avec Landon sur moi. *Aimer?* Qui j'aime le plus au monde?

Qui est-ce que j'aime le plus? Eh bien, j'aime ma mère, je suppose. Je ne lui ai pas dit depuis des années, mais c'est quand même ma mère. Ça doit être à peu près tout, excepté moi-même. C'est moi que j'aime le plus. Je ne pense pas que «je m'aime plus que tout» serait la meilleure réponse à donner, et pourtant.

Néanmoins, je réponds franchement :

— Moi-même.

Ado, je ne faisais pas partie de ces mecs qui avaient des petites copines. Donc je n'ai pas eu besoin d'être hypocrite en disant de faux *je t'aime* avant que, comme n'importe qui d'autre du même âge que moi, je sache vraiment ce que ces mots signifient. Je replonge sous l'eau quelques secondes et laisse le cerveau de Tessa construire ses propres hypothèses à ce sujet.

Sa réponse arrive à la seconde où je remonte à la surface :

— Je ne te crois pas. Et tes parents ?

Et là, d'un coup, elle dépasse les bornes. Tessa Young n'a aucune putain de limite quand elle commence à poser des questions hyper-intimes. Son regard est doux et ses lèvres sont entrouvertes dans l'attente de ma réponse. Mais je hais son regard plein de pitié.

Arrête ça, Theresa.

— Ne parle plus jamais de mes parents, d'accord ?

— Excuse-moi. C'était de la simple curiosité. Tu étais d'accord pour répondre à une question. (Sa voix vacille.) Je suis vraiment désolée, Hardin. Je ne t'en parlerai plus jamais.

Je ne sais pas si je peux la croire. Elle prépare quelque chose, je le sens. Elle est bien trop intuitive et insistante. Je ne la connais même pas, et elle ne sait rien de moi, ça c'est clair. Pourquoi s'autorise-t-elle à me demander des trucs aussi personnels ?

L'après-midi va prendre l'une de ces deux directions : on peut se disputer jusqu'à ce qu'elle se rue, enragée, dans son dortoir, ou bien je la séduis et lui donne envie de rester avec moi.

Je choisis la deuxième option. Je préfère autant ne pas faire le chemin du retour dans un silence gênant. J'approche mes mains pour la prendre par la taille. Son corps me semble léger quand je la soulève hors de l'eau et la jette quelques mètres plus loin. Elle pousse des petits cris et agite ses bras dans les airs comme un oiseau. Puis elle surgit à la surface, les cheveux ruisselants et les yeux exorbités.

Heureuse.

Ça aurait pu se passer autrement, mais d'une façon ou d'une autre je l'ai rendue heureuse.

— Tu vas me le payer !

Elle hurle joyeusement en nageant vers moi. Elle pense vraiment avoir une chance de riposter ? Tessa s'approche encore plus près de moi, l'eau ruisselle sur son visage, sa peau est mouillée et luisante. Pourquoi s'avance-t-elle si près ?

Je déglutis lorsqu'elle croise ses jambes autour de ma taille et redresse son corps pour s'aligner au mien. Je suis censé maîtriser cette situation.

Tout à coup, elle se raidit et décroise ses jambes.

— Excuse-moi.

Non, non.

Je les saisis et les remets en place autour de ma taille. C'est tellement bon de la sentir contre moi, si chaude. Quand elle passe ses bras frêles autour de mon cou, une vague de panique m'envahit. Je la regarde et tente de déchiffrer son intention. C'est impossible.

— Qu'est-ce que tu me fais, Tess ?

Je passe doucement mon pouce sur sa lèvre inférieure toute tremblante. Son souffle chaud s'évade en de lentes et profondes respirations. Le goût de sa bouche est encore frais dans ma mémoire. J'ai besoin d'y goûter encore.

— Je ne sais pas…

Elle ne sait pas. Je ne sais pas non plus. Aucun de nous n'a d'emprise sur ce qui se passe, et tout peut dégénérer très vite.

C'est ce que je veux.

Cette fille sait-elle seulement à quel point elle est sexy ? Sait-elle que la simple forme de sa bouche suffit à me faire imaginer des choses très cochonnes la concernant ? Visualiser Tessa à genoux devant moi, sa bouche pulpeuse grande ouverte, sa langue humide et impatiente de me recevoir, de me faire du bien. J'ai envie d'enfoncer mon sexe entre ses lèvres et de l'exciter comme un dingue. Je peux rendre son corps complètement accro, tout comme elle a rendu le mien. Sa bouche rose pâle, avec sa lèvre supérieure gonflée, est hallucinante. Comme celle d'un personnage de dessin animé. Un personnage sexy, bien sûr, comme Jessica Rabbit.

Putain, je perds la tête. C'est pas bon.

Heureusement que je n'ai aucun scrupule à être un connard.

— Ces lèvres… quand je pense à tout ce qu'elles pourraient faire…

Je m'arrête et repense à la manière dont sa bouche aspirait la mienne dans ma chambre.

— Tu veux que j'arrête ?

Je plonge mon regard dans le sien pour y trouver des signes de nervosité. Ses cuisses sont fermement enroulées autour de mon corps, et je prends ça comme un non. Je lui donne quand même quelques secondes de plus pour me répondre avant d'attaquer.

Elle presse encore plus son corps contre le mien sous l'eau.

— C'est impossible d'être seulement amis, tu t'en rends compte, hein ?

À ces mots, elle prend une courte inspiration tandis que je me penche vers elle. Mes lèvres frôlent doucement son cou, près de son menton. Ses paupières sont à moitié closes, et je déplace ma bouche sur ses joues, glissant sur sa peau mouillée avec douceur. Quand j'arrive au point sensible juste au-dessous de son oreille, elle pousse un gémissement qui me surprend.

— Oh ! Hardin.

Ces mots m'envoient un véritable électrochoc. Le son est si rauque, comme une demande. De moi. Je la retiens captive dans mes bras, et mon cœur s'emballe à l'idée de m'enfoncer en elle. Elle n'a jamais été baisée avant, pourtant je suis sûr qu'elle s'est déjà donné du plaisir toute seule.

Je veux l'entendre gémir mon nom, encore. Tout comme j'ai besoin de goûter à sa bouche, encore.

— Je veux t'entendre gémir mon nom, Tessa, encore et encore. Laisse-moi faire.

Je ne reconnais plus ma voix qui la supplie.

Il n'y a pas un bruit, hormis celui de ses profondes respirations et des petits clapotis de l'eau qui s'agitent en vaguelettes autour de nos corps. Elle fait oui de la tête.

— Dis-le, Tessa.

Je prends le lobe de son oreille entre les dents et mordille doucement sa peau. Elle gémit et bascule contre moi en hochant furieusement la tête.

Un hochement de tête ne suffira pas, Theresa. Tu en as envie, alors dis-le moi.

— J'ai besoin que tu le dises, Bébé, à voix haute, pour être sûr que tu le veux vraiment.

Mes mains se déplacent et remontent sous mon t-shirt qui couvre son corps.

— Je voudrais...

Les mots sortent de sa bouche en se bousculant. Je souris dans son cou brûlant. Elle soupire. Je considère ces deux mots comme une invitation suffisante. Je tiens fermement son corps contre le mien, mais elle se contracte nerveusement à l'idée que je puisse la lâcher, sans doute.

Je commence à marcher vers la berge pour sortir de l'eau, Tessa accrochée à moi. Ses cuisses sont ouvertes, et elle se colle contre ma queue plus dure à chaque pas que je fais.

En atteignant la berge, je la relâche et elle pousse un gémissement. Ce son envoie une décharge directement dans mon bas-ventre. Je grimpe sur la berge et me retourne pour l'aider à sortir de l'eau. Elle me rejoint, les yeux rivés sur mon torse. Je l'observe tandis qu'elle regarde le tatouage sur mon ventre, un arbre mort encré dans ma peau. Elle déteste sûrement mes tatouages, elle qui vient de je ne sais quelle ville de puritains. Sa mère catho lui a probablement enseigné que les gens avec des tatouages étaient le mal absolu et dévoraient les âmes ou une connerie dans le genre.

Tessa a sûrement été habituée à voir le torse à la peau toute lisse et parfaitement soignée de son petit ami. Je l'observe attentivement tandis qu'elle continue de me fixer en essayant de décoder mon tatouage. Son copain n'en a pas, j'en suis certain. Il n'a d'ailleurs sûrement pas la moindre cicatrice sur sa peau, ni dans son âme.

Je m'écarte d'elle, et elle reste debout, dans l'attente de mes instructions.

Je ne suis plus sûr de ce que je veux faire avec elle. Elle fixe toujours ma peau… Pourquoi est-elle encore en train de fixer ma peau ? Et, plus important encore, pourquoi est-ce que ça me dérange autant ? J'ai fait ces tatouages pour moi, pas pour qu'une meuf me juge.

Et pourquoi suis-je en train de me justifier, bordel ? Je n'en ai jamais rien eu à foutre de ce que les femmes pouvaient penser de moi. Je ne pense qu'à les baiser et à les faire jouir sous mes caresses, c'est entre nous un jeu mutuel et consenti.

Arrête de penser, Hardin. Je suis comme elle en fait, à trop penser à tout. Qu'est-elle en train de me faire ?

Je vais droit au but :

— Tu veux qu'on le fasse ici ? Ou dans ma chambre ?

Devrais-je la baiser ici ? Je pourrais l'allonger dans l'herbe, écarter ses cuisses et lui faire crier mon nom pendant que je dessinerais de petits cercles sur son clitoris avec ma langue.

Tessa hausse les épaules tandis que j'ajuste mon boxer.

— Ici.

— Tu es pressée ?

Je sens l'attraction de son corps vers le mien et me demande si elle le sent aussi. Je sais qu'elle est excitée par moi, c'est évident. Mais ressent-elle cette même irrésistible envie de me toucher ?

— Viens ici.

C'est un ordre. Elle s'exécute, les joues rouges, et s'avance vers moi en faisant des petits pas lents. *Plus vite…* J'ai envie qu'elle se dépêche.

Je n'ai pas la patience de jouer à ces petits jeux de séduction maintenant – j'ai besoin de la sentir. J'ai besoin qu'elle me sente. Je vais la baiser ici, sur l'herbe. Je vais l'allonger là et caresser chaque centimètre de son corps incroyablement excitant. Mon t-shirt noir est trempé, complètement moulé sur son corps comme un gant en latex. Je dois le retirer.

Je m'empare du bas du t-shirt et le soulève par-dessus sa tête. Enlever de la matière mouillée n'est pas une tâche facile ; on dirait qu'il veut rester collé à elle, comme moi je le souhaite aussi.

La première partie de la journée était consacrée à ses besoins, faire les choses à sa manière, passer un moment simple et sympa avec moi. La seconde partie se jouera à ma manière. Je n'ai pas l'habitude de faire la conversation ou d'être questionné sur qui j'aime le plus au monde. Ce que j'ai l'habitude de faire, c'est me servir d'un corps sensuel pour me donner du plaisir.

3

Il était sur le point de remporter le pari. Il était mûr pour gagner.

Puis il comprit qu'il n'était pas du tout mûr pour *elle.*

• ———— •

J'étale le t-shirt mouillé sur l'herbe en guise de couverture pour qu'elle puisse s'allonger dessus. Mes doigts tremblent quand je lui ordonne :

— Allonge-toi.

Je l'aide à s'installer sur le sol et m'allonge près d'elle. Je prends appui sur mon coude pour mieux la regarder, sa poitrine opulente offerte, sa peau légèrement hâlée qui scintille au soleil. On dirait une pomme rouge, juteuse et brillante, qui attend que je la croque. J'ai vu beaucoup, beaucoup de femmes bien plus dénudées qu'elle à l'instant, mais putain, Tessa est carrément hors compétition. Alors que j'admire la courbe allant de ses hanches à ses seins saillants, deux petites mains tentent d'interrompre mon champ de vision. Je me redresse ; l'herbe est douce, c'est l'un des seuls avantages de la foutue pluie d'ici.

J'attrape ses poignets, les maintiens écartés et la regarde droit dans les yeux.

— Ne te cache jamais, pas avec moi.

— C'est juste que…

Ses joues deviennent rouges et elle détourne le regard. Je ne la laisse pas terminer sa phrase :

— Non, je ne veux pas que tu caches ton corps – tu n'as pas à en avoir honte, Tess.

Elle n'a pas l'air convaincue. Qui est responsable de son manque de confiance en elle ?

— Je suis sérieux, regarde-toi.

— Tu es sorti avec tellement de filles...

Je savais qu'elle lancerait ce sujet. Qu'est-ce que ça peut bien lui faire que j'aie couché avec d'autres filles ; nous ne sommes pas en couple et ne le serons jamais. Aucune des filles que je draguais n'était comme Tessa ;

certaines d'entre elles lui ressemblaient, mais d'habitude, je ne m'intéresse pas aux filles innocentes et vierges. J'aime les femmes d'expérience qui savent exactement comment me baiser. Je ne suis le prof de personne. Surtout pas dans ce domaine.

Hormis Natalie. Sa petite voix agaçante résonne encore au fond de ma tête. Natalie, la gentille fille de l'église, au cul trop rond pour ne pas être admiré et aux cheveux noirs comme du pétrole. Elle manquait tellement d'expérience qu'elle n'arrivait même pas à mettre un préservatif sur ma bite. Tous les dimanches, elle allait au catéchisme, chaque semaine depuis qu'elle était sortie de l'utérus de sa mère, et personne ne lui avait enseigné ça. Je regarde Tessa de nouveau.

— Aucune comme toi.

Elle semble nerveuse et si délicieusement pure que j'ai envie de m'enfoncer en elle.

— Est-ce que tu as un préservatif ?

Tessa chuchote presque quand elle prononce le mot « préservatif ». En a-t-elle déjà vu un ? Natalie oui, mais seulement dans le noir.

Pourquoi suis-je en train de penser à Natalie, bordel ?

Je pourrais baiser Tessa maintenant et remporter le pari. Je pourrais pénétrer son corps chaste et obtenir ce pourquoi je suis venu ici. Elle me regarde intensément. Elle attend. Elle doit penser que je suis le genre de mec qui emmène des meufs ici pour les niquer dans les bois. Et en particulier, celles qui n'ont jamais rien fait avant.

— Un préservatif ?

Je rigole et décide à l'instant même de ne pas la baiser ici. Même si j'en ai envie.

— Je n'ai pas l'intention de coucher avec toi.

— Oh !

Tessa semble embarrassée. Elle se lève.

— Où vas-tu ?

Pourquoi pense-t-elle que nous devrions partir parce que je ne la baise pas ?

— Oh… mais non, Tess, ce n'est pas ce que je voulais dire, c'est simplement que tu n'as jamais rien fait... je veux dire rien du tout. Donc, je ne vais pas coucher avec toi.

Je tente d'évaluer si elle me croit, puis ajoute :

— Aujourd'hui.

Ses joues rouge écarlate retrouvent une teinte à peu près normale.

— Il y a beaucoup d'autres choses que je veux te faire avant.

Putain, il y en a tellement. Je vais faire en sorte qu'elle me supplie de les lui faire découvrir. J'ai besoin que son corps s'abandonne complètement sous mes caresses. Elle m'appartiendra tout entière à ce moment-là. Elle est allongée, là, son corps offert et prêt. Je vais me surpasser pour elle.

Je m'allonge sur elle. Elle tremble un peu quand quelques gouttes d'eau ruissellent de mes cheveux sur son visage. Je souris en la voyant fermer les yeux dans l'attente d'autres gouttes.

— Je n'arrive pas à croire que personne ne t'ait jamais baisée avant.

Je pense vraiment chacun de ces mots. J'ai envie de presser mon corps contre le sien pour qu'elle ait un aperçu de ce qui l'attend quand ça arrivera. Je prends appui sur mon coude et caresse son cou, puis fais courir doucement mes doigts entre ses seins volumineux. Ils sont si doux, si gros que je pourrais les baiser, et débordent largement de mes mains. Ses tétons durs comme de la pierre attendent que ma bouche les suce. Si je commence à la caresser vraiment, je n'arriverai jamais à garder ma bite tranquille. Dieu merci, elle porte un soutien-gorge.

Mes doigts parcourent son ventre doux et moelleux. Elle frissonne et soupire. Ils s'aventurent ensuite vers sa chatte mouillée à la recherche de son clitoris. Je coince son petit bouton entre mon pouce et mon majeur et lui demande :

— C'est bon ?

Elle ne répond pas. Son sexe est trempé et gonflé de désir ; son corps s'abandonne sous l'effet de cette simple caresse. Je commence à peine à lui montrer ce que je peux lui faire ressentir. Je me penche vers le bas de son corps et effleure ses lèvres des miennes.

— Est-ce que c'est meilleur que quand tu le fais toi-même ?

Je relâche son clitoris et insère un seul doigt en elle. Je me demande ce qui lui donne du plaisir quand elle est seule. Est-ce qu'elle jouit en se masturbant ou en se doigtant ? J'ai l'impression qu'elle est plutôt clitoridienne, tout simplement.

— Alors ?

— Q… quoi ?

— Quand tu te caresses. Est-ce que c'est aussi bon ?

Elle ne me répond toujours pas… Pourquoi ne veut-elle pas me le dire ?

C'est tellement bandant et excitant de l'imaginer dans son lit, les jambes écartées et ses petits doigts en train de la caresser. Contrainte de faire le moins de bruit possible parce que sa coloc dort, mais arrivant jusqu'à l'orgasme en se couvrant la bouche d'une main. Parfois, quand il est trop puissant, je l'imagine mordre sa lèvre charnue et retenir ses gémissements tandis qu'elle reprend conscience. J'ai besoin de savoir comment elle s'y prend. Mais elle continue de me fixer comme si ma tête était devenue incroyable. Je lui ai juste demandé comment elle se masturbait.

Oh.

Je comprends soudain qu'à l'évidence, Mademoiselle Prude ne s'est jamais touchée.

— Attends… ne me dis pas que tu n'as jamais fait ça non plus, si ?

Je continue de la titiller tout en me délectant de sentir le fruit de son excitation couler le long de mes doigts.

— Tu es tellement réactive à mes caresses, tellement mouillée.

Elle pousse un gémissement. Ce son est sublime, putain. Je m'attarde de nouveau sur son clitoris et le presse doucement avant de le faire rouler entre mes doigts humides.

— Qu'est-ce que c'était... ça ?

Tessa gémit plus qu'elle ne parle. Toute résistance semble s'être désormais envolée sous mes caresses. Je continue de titiller son clitoris. Je le frotte et le fais rouler entre mes doigts tout en dessinant de petits cercles avec mon pouce. Tessa respire de plus en plus fort. Ses jambes se raidissent et je sens qu'elle y est presque. Si proche. J'ai hâte de la voir perdre le contrôle devant moi. Je n'arrive pas à croire qu'elle n'a jamais ressenti l'extase qu'offre le sexe. Putain, elle est passée à côté de quelque chose.

Son dos se cambre dans l'herbe, projetant ses seins plus près encore de mon visage. J'aimerais lui donner juste un petit coup de langue. Il n'y a pas de mal à ça.

Si, pourtant. Cela me déconcentrerait. Je l'embrasse encore, profondément cette fois, et lui donne exactement ce dont elle a besoin. Je suis en train de lui faire vivre quelque chose qu'elle n'a jamais expérimenté auparavant. Elle est sur le point de perdre pied complètement, et c'est moi qui en suis la cause. Mes caresses. Moi.

J'introduis ma main libre dans son soutien-gorge et m'empare de l'un de ses seins parfaits. Je le malaxe pour lui faire ressentir plus d'une sensation à la fois. Ses jambes se mettent à trembler.

— C'est ça, Tessa, jouis pour moi.

Je l'encourage. Elle est allongée dans l'herbe, les dents enfoncées dans sa lèvre inférieure, les joues écarlates et les yeux… ses yeux sont si fougueux, putain.

— Regarde-moi, Bébé.

Je la supplie en mordillant la peau de ses seins.

— Hardin…

Sa voix rauque me force à la regarder. Elle est si sexy, tellement bandante, sans même le vouloir.

Elle m'attire plus près d'elle et prononce mon nom. Elle respire si fort tout en essayant de reprendre contenance.

— Tu as une minute pour récupérer.

En disant ces mots, je retire doucement ma main de sa culotte. Une dernière contraction provoquée par son orgasme agite son ventre où ma main repose. Elle soupire, et j'essuie mes mains sur mon boxer.

Je bande tellement maintenant que ma vue se brouille. Elle est restée allongée, une expression béate sur le visage comme si elle venait de vivre le plus beau moment de sa vie. Elle aimerait davantage, je le sais. Dieu sait à quel point je voudrais lui en donner plus dans la seconde. Chaque parcelle de mon corps meurt d'envie de s'introduire en elle. Je veux l'entendre gémir et sentir son sexe serré autour du mien.

Pas aujourd'hui. Je ne peux pas. Je me lève et récupère mon jean ainsi que mes chaussures sur la berge.

Je sens que Tessa ne me lâche pas du regard pendant que je me rhabille.

— On repart déjà ? me demande-t-elle d'une petite voix hésitante.

Veut-elle que je la fasse jouir encore ? Elle devient gourmande maintenant qu'elle sait le genre de sensations incroyables que son corps peut ressentir.

— Ouais. Tu voulais rester plus longtemps ?

— C'est juste que je pensais… je ne sais pas. Je pensais que peut-être tu voudrais que je te fasse quelque chose...

On dirait qu'elle se sent humiliée. Pourquoi ? Regrette-t-elle déjà de m'avoir permis de la faire jouir ?

J'aurais dû m'en douter.

Tessa se tourne et recouvre son corps. Elle essaie déjà de m'échapper. Attends, elle a dit qu'elle pensait que je voudrais quelque chose.

— Oh non ! Ça va.

Putain, j'aimerais tellement sentir ta langue bouillante lécher le bout de ma queue, mais ça ne fait pas partie du plan.

Au lieu de ça, pour être sûr qu'elle comprenne bien que je vais vraiment apprécier quand ça arrivera, j'ajoute :

— Pour le moment.

Tessa acquiesce avant de renfiler son jean et son t-shirt.

L'observer remettre ses vêtements m'embrouille l'esprit. J'ai envie de remettre ça et de la déshabiller encore. Elle s'agite sur ses talons comme si une sensation désagréable la démangeait entre les cuisses. Elle ne devrait pas avoir mal ; je ne l'ai pas pénétrée. Elle n'a sûrement pas l'habitude de se sentir humide à cet endroit. Cette pensée me faire rire et m'excite à la fois.

• ——— •

— Quelque chose ne va pas ?

Je lui pose la question en m'engageant sur le sentier gravillonné. Le soleil a légèrement décliné sur l'horizon, et l'air est devenu plus humide. Il va bientôt pleuvoir.

— Je ne sais pas. Pourquoi es-tu si bizarre, maintenant ?

Bizarre ? Comment ça ?

— C'est plutôt toi qui es bizarre.

— Non, tu n'as pas dit un mot depuis que… tu sais bien.

Elle est beaucoup trop timide pour dire les choses franchement.

Je m'en charge à sa place.

— Depuis que je t'ai donné ton premier orgasme ?

— Euh... oui. Depuis ce moment-là, tu n'as pas desserré les dents. Tu t'es rhabillé et nous sommes partis. J'ai l'impression que tu te sers de moi ou quelque chose comme ça.

Se servir d'elle ? Pour quoi faire ?

Oh, *je* me sers d'elle. Bordel de merde.

Mais elle n'en sait rien. Ce sont simplement ses doutes qui lui font croire ça.

— Quoi ? Bien sûr que non ? Si je me servais de toi, j'aurais obtenu quelque chose en contrepartie.

Je ris à moitié.

Quand je me tourne vers elle, elle ne rigole pas du tout. Ses yeux sont rouges et une larme coule sur sa joue. Putain.

Elle pleure ?

— Tu pleures ? Qu'est-ce que j'ai dit ?

Je ne la comprends pas. Pourquoi est-elle si émotive ? Et surtout, pourquoi suis-je en train de culpabiliser ? Elle interprète tout mal. Elle a si peu d'estime pour moi, mais je ne peux pas vraiment lui en vouloir. Elle est si sensible.

— Je ne voulais pas te froisser… excuse-moi. Je ne sais pas très bien ce qu'on est censés faire après s'être pelotés comme ça, et puis je n'avais pas l'intention de te larguer devant ta chambre et de partir de mon côté. Je pensais qu'on pourrait peut-être dîner ensemble ou autre chose ? Je suis sûr que tu meurs de faim.

Je pose ma main sur sa cuisse. Elle me sourit et le poids dans ma poitrine disparaît presque instantanément.

— Alors, qu'est-ce que tu voudrais manger ?

Je ne sais pas où l'emmener. Je n'ai jamais déjeuné seul avec une femme. C'est triste, je sais, mais avec les femmes, je passe le plus clair de mon temps ailleurs.

Tessa attrape ses cheveux emmêlés et les relève sur le dessus de sa tête en chignon. J'aime bien quand ses cheveux sont coiffés comme ça... ça me permet de mieux admirer son visage.

— J'aime à peu près tout si je sais ce que c'est, excepté le ketchup.

— Tu n'aimes pas le ketchup ? Je pensais que tous les Américains adoraient ça.

Quelle fille étrange !

— C'est possible, mais moi je trouve ça dégoûtant.

Elle paraît si sûre d'elle, si fière et déterminée, en évoquant son dégoût du ketchup. C'est amusant.

Elle rigole avec moi.

— Juste un repas normal, alors ?

Le silence dans la voiture devient trop pesant. Je lui demande :

— Qu'est-ce que tu comptes faire après la fac ?

Merde, je lui ai déjà posé cette question. Putain, je suis nul pour faire la conversation.

— J'ai l'intention de partir directement à Seattle. Je voudrais trouver un boulot dans une maison d'édition ou bien devenir écrivain. Je sais que c'est idiot, mais…

Elle baisse le regard et fixe ses mains. Ce n'est pas idiot ; je partage le même rêve.

— Mais tu me l'as déjà demandé, tu te souviens ?

— Ce n'est pas idiot. Je connais quelqu'un aux Éditions Vance, ce n'est pas à côté, mais tu pourrais peut-être poser ta candidature pour un stage. Je pourrais en glisser un mot au patron.

Vance tuerait pour engager quelqu'un d'aussi brillant que Tessa.

— Quoi ? Tu ferais ça pour moi ?

Elle n'en revient pas. Je l'entends au ton de sa voix.

— Ouais. Sans problème.

Je hausse les épaules. Je déteste cette soudaine attention portée sur moi. Je sens Tessa s'agiter sur son siège. Ce n'est pas compliqué d'aider quelqu'un à obtenir un stage chez Vance. J'aiderais n'importe qui. Vraiment.

— Waouh, merci. Sérieux, j'ai besoin de trouver un boulot ou un stage rapidement, et ça, ce serait le rêve.

Elle tape dans ses mains. Littéralement. Comme une enfant qui vient tout juste de gagner une peluche géante à la foire. Ça me donne envie de sourire.

Tandis que je me gare, Tessa semble un peu hésitante concernant le dîner. Je la rassure en descendant de la voiture.

— On mange super bien ici.

Le restaurant est presque vide quand nous nous installons.

Une vieille femme imposante nous apporte les menus. Je tente de regarder partout autour de nous pour ne pas croiser le regard de Tessa.

Une fois nos plats commandés, elle engage la conversation. Elle essaie d'en savoir plus sur mon enfance, mais je ne la laisse pas faire. Elle laisse échapper :

— Mon père buvait beaucoup ; il nous a abandonnées quand j'étais plus jeune.

Je ne réponds rien. En fronçant les sourcils, je fixe mon assiette et essaie de ne pas l'imaginer petite, en train de se cacher de sa propre version de mon taré de père.

Sur le chemin du retour, je reste pensif et concentre mon attention à dessiner des petits cercles sur la jambe de Tessa avec mes doigts.

— Tu as passé une bonne soirée ?

Sa question est pleine d'espoir. Nous arrivons sur le campus.

J'ai passé une bonne soirée, ça, c'est sûr. J'aimerais en passer *d'autres* avec elle où elle gémirait mon nom pendant que j'introduirais mes doigts en elle, encore et encore.

Mais au lieu de ça, je lui dis :

— Ouais, très bonne en fait. Écoute, je te raccompagnerais bien jusqu'à ta chambre mais je n'ai pas envie de subir un interrogatoire en règle de la part de Steph…

Je me tourne sur mon siège pour lui faire face. La déception se lit sur son visage bien qu'elle lutte pour conserver un sourire crispé.

— Je comprends. On se verra demain.

Il y a du regret dans sa voix. Je vois qu'elle n'a pas envie de partir, et cette pensée me plaît. Elle me regarde fixement et attend que je dise quelque chose. Je ne parle pas mais avance la main pour repousser une mèche de ses cheveux. Je n'ai pas grand-chose à dire, mais je veux la toucher encore. J'ai envie de ressentir cet apaisement intense que m'apporte son contact. Elle pose sa joue dans le creux de ma main. Elle semble plus jeune, plus ouverte et sur le point de s'offrir à moi. Je l'attrape par le bras et lui fais signe de s'approcher. J'ai besoin de la sentir plus proche. Elle s'exécute, grimpe par-dessus l'accoudoir et s'assied à califourchon sur mes genoux. Son corps est encore chaud de l'après-midi ensoleillé. Les doigts de Tessa tracent avec convoitise le contour des tatouages de mon ventre, qu'elle devine à travers mon t-shirt. Chacune de ses caresses m'envoie une décharge électrique.

Ma langue joue avec la sienne, aspirant tout ce qu'elle me donne. Je passe mes bras derrière son dos et la serre fort contre moi. Ce n'est pas assez. J'ai besoin de plus. Je ne suis jamais rassasié de cette fille. Mes mains parcourent son ventre chaud quand nous sommes interrompus par la plus odieuse des sonneries.

— Encore une de tes alarmes ?

L'écran de son vieux téléphone est petit, mais assez grand pour que je puisse y lire le nom :

NOAH.

Son cher petit copain lycéen l'appelle alors qu'elle se trouve dans ma voiture, sa langue dans ma bouche. Elle appuie sur « ignorer » et me sourit. Sérieux ? Finalement, elle n'est pas aussi innocente que je le croyais. Un seul orgasme aura suffi à lui enlever toute conscience morale.

Je comprends alors qu'elle ne lui dira jamais rien de ce qui s'est passé aujourd'hui. Pas un mot. Elle va m'embrasser, sortir de la voiture et appeler son petit copain BCBG à peine le pied posé dans sa chambre. Elle lui dira qu'elle l'aime, et lui aussi. Puis elle lui adressera le même sourire que celui qu'elle faisait quand je l'embrassais.

Elle passe sa langue sur ses lèvres et se penche pour m'embrasser de nouveau.

Non, non.

— Je ferais mieux d'y aller.

Je soupire en fixant le pare-brise. Je la sens sur la défensive.

— Hardin, je n'ai pas répondu. Je lui parlerai de tout ça. C'est juste que je ne sais pas quand ni comment lui dire… mais je le ferai rapidement, je te le promets.

Eh bien, j'avais tort concernant sa morale corrompue. Mais c'est encore pire que tout. Elle a passé l'après-midi avec moi, et maintenant elle s'apprête à rompre avec son amour d'enfance dans l'espoir que je le remplace ?

Non, non.

Non.

L'atmosphère écrasante de la voiture me prend à la gorge, alors que Tessa attend une réponse de ma part.

— Lui parler de quoi ?

Je le lui demande, tout en sachant pertinemment que je ne devrais pas avancer davantage sur ce terrain miné.

— De tout ça…

Ses mains s'agitent dans l'air confiné de la voiture, et je suis sur le point d'étouffer. Où avais-je la tête en faisant toutes ces conneries avec elle ? J'aurais simplement dû la baiser. Pas de petit dîner mignon à débattre autour du ketchup. Pas de discussion sur notre avenir. Maintenant elle veut ce que toutes les femmes veulent à chaque fois, faire partie de ma vie. Elle se monte la tête si elle s'imagine qu'une telle chose puisse arriver.

— De nous.

Elle emploie des mots comme *nous,* et c'est trop flippant, putain.

— *Nous ?* Tu n'es pas en train de me dire que tu vas rompre avec lui... pour *moi,* si ?

À présent on dirait qu'elle pèse plus lourd sur mes genoux. Voilà pourquoi les vierges ne sont pas mon truc, même Natalie ne l'était pas ; elle avait perdu sa virginité avec un mec de son église pour « l'expérience ».

Tessa fronce des sourcils, confuse.

— Tu ne veux pas… que je le fasse ?

Putain, nous sommes sur une pente plus que glissante.

— Non. Pourquoi tu ferais ça ? Je veux dire, si tu veux le larguer, vas-y, mais ne le fais pas pour moi.

— C'est juste que... je pensais...

— Je te l'ai déjà dit, je ne sors avec personne, Theresa.

Elle tressaille, blessée. La situation est en train de devenir encore plus désastreuse que prévu. D'un côté, j'aimerais pouvoir lui dire que je ne cherche pas à être un connard, que c'est enraciné en moi, dans chacune de mes cellules, que ce n'est pas de ma faute. Ni de la sienne. Sauf que *c'est* de ma faute – c'est de ma faute si je ne possède pas, même pas une infime partie de ce truc qui fait que les gens ont envie de s'accoupler et de vivre heureux pour toujours en batifolant dans les champs. Je n'en suis tout simplement pas capable.

— Tu es répugnant.

Elle descend de mes genoux et ramasse rapidement son portable et son sac. Cette soudaine sensation de vide me perturbe. Tout comme cet orage gris foncé qui envahit ses yeux.

Elle hurle en s'écartant de moi.

— Ne t'approche plus de moi, à partir de maintenant... et je ne plaisante pas !

La voix de Natalie prononçant exactement ces mêmes mots, les yeux remplis de larmes, retentit dans ma tête. Les yeux de Tessa brillent aussi, mais elle se contient par fierté. Nous sommes pareils dans ce domaine ; cette énorme fierté irrationnelle que nous possédons tous les deux pourrait être dangereuse.

Tessa ouvre la porte de la voiture et en sort sans même se retourner. Elle claque la portière aussi fort que possible et se dépêche de traverser le parking. Je redémarre immédiatement la voiture et allume la radio à fond. J'ai besoin de bruit pour faire taire l'ouragan qui se forme dans ma tête. Mes mains me démangent, mon esprit cogite à toute vitesse.

Natalie, Theresa, Natalie, Theresa.

Natalie se tenait debout sous le porche de la maison de ma mère, à Hampstead. Elle tenait, pressé contre sa poitrine, un sac de livres couverts de papier fleuri. Ses yeux étaient rougis par de grosses larmes. Elle parlait en sanglotant :

— Je t'en prie, Hardin. Je n'ai nulle part où aller.

Elle me suppliait. Un nuage de buée se formait dans l'air froid devant elle chaque fois qu'elle ouvrait la bouche. Je n'arrivais pas à la laisser entrer. Je ne pouvais pas. J'avais appris que sa famille et son église l'avaient exclue, l'éjectant en même temps de ses deux refuges permanents. Elle paraissait si jeune à ce moment-là ; ses yeux bleus brillaient dans l'obscurité tandis qu'elle attendait désespérément que je change d'avis.

Je ne l'ai pas fait, pourtant. Putain, je ne pouvais pas. Elle ne pouvait pas rester chez moi. Ma mère n'était pratiquement jamais là, et je me serais retrouvé seul avec elle le reste du temps. Qu'aurais-je pu faire ? Je ne voulais rien avoir à faire avec elle, et même si j'en avais eu envie, je n'aurais pas été d'une très grande aide. Mon alcoolo de père l'aurait réveillée en titubant dans cette maison qui sentait le moisi tant les murs et le mobilier étaient imprégnés de fumée de clope. Où dormirait-elle s'il revenait tout à coup ? Il était parti depuis plusieurs années, mais mon esprit puéril de gamin pensait qu'il pouvait rentrer à tout moment. Quel imbécile j'étais !

Finalement, il *est revenu* dans ma vie et vit dans une grande maison avec son adorable petite famille, et je hais le nombre de fois où cette pensée me traverse l'esprit. J'ai déménagé dans un autre pays pour vivre plus près de lui, et maintenant putain, il envahit mes pensées tous les jours.

Un bruit de klaxon me ramène à la réalité. Mes yeux ne sont pas concentrés ; le monde au-delà du pare-brise est trouble.

Je cligne plusieurs fois des yeux et règle le volume de la radio. Il faut que je m'arrête sur le bas-côté. Ma poitrine me fait mal. Des martèlements forts et constants sont en train de me broyer de l'intérieur, faisant vibrer mes os. Des gouttes de sueur perlent sur mon visage. Ou serait-ce des larmes ? Gêné, je les essuie d'un revers de la main.

— Merde !

Mon cri traverse l'atmosphère pesante. J'ai besoin d'air. Ma gorge se serre, j'ouvre en grand la portière de la voiture. L'air frais printanier pénètre dans le véhicule et apaise ma respiration.

Le visage de Natalie apparaît alors distinctement dans mon esprit. Celui de Tessa le rejoint. Les deux filles se moquent de moi, ricanent et me tourmentent. Elles se réjouissent du pouvoir qu'elles ont sur moi. Le sourire complice de Tessa est éclatant, et celui de Natalie disparaît. Putain, mais qu'est-ce qui m'arrive ? Il faut que je reste loin de Tessa. Peu importent ce foutu pari et l'air ridicule que j'aurai quand Zed gagnera.

Zed.

Il est là le problème. Je ne peux pas supporter l'idée qu'il puisse la posséder. Son corps à la peau luisante de sueur quand il se serre contre elle.

Je ferme les yeux et écrase mes joues bouillantes contre le volant frais. Dans quel bordel je me suis fourré ?

• ——— •

Quand je retourne en cours, Tessa n'est pas assise à sa place. Son siège est vide, tout comme celui de Landon. Je m'installe et prends mon téléphone. Un texto de Logan me propose de prendre un verre à l'heure du déjeuner. Je décline l'invitation et range mon portable dans la poche de mon jean noir. Il est un peu serré, mais ça me va. Mes jambes sont trop longues pour porter des coupes larges sans ressembler à un clown. Il y a une tache d'encre ou peut-être une trace de maquillage qui ne veut pas partir – sur l'une des manches de mon t-shirt blanc. Je n'avais pas envie de faire une lessive, sans compter que ces merdes que les femmes se mettent sur le visage peuvent être toxiques.

Mes pensées sur mon hygiène douteuse sont interrompues par Tessa qui entre dans la salle. Je la fixe droit dans les yeux en espérant qu'elle me remarque tandis qu'elle avance vers le premier rang. Je suis étonnée qu'elle ne choisisse pas un autre siège. Sa haine contre moi doit être à son apogée maintenant.

— Tess ?

J'ai chuchoté dans le petit espace entre nos sièges. Elle m'ignore, mais ses épaules ont tressailli quand j'ai prononcé son nom.

— Tess ?

Elle avale sa salive, et sa poitrine bouge à un rythme inhabituellement lent. La tension entre nous est palpable ; je peux la sentir irradier de nous.

— Ne m'adresse plus la parole, Hardin.

Elle redresse les épaules pour me montrer qu'elle est sérieuse.

— Oh allez, arrête.

J'essaie de la convaincre avec un sourire, mais ça ne marche pas.

Elle passe sa langue sur ses lèvres.

— Je ne rigole pas, Hardin. Fiche-moi la paix.

— Ok, c'est bon, comme tu voudras.

Si elle veut jouer les dures, je peux le faire aussi. Oh, je suis même un putain de roi à ce jeu-là.

Landon se mêle à la conversation, un air de petit chiot inquiet sur le visage.

— Ça va, toi ?

— Oui, ça va.

Elle hoche la tête et se place de manière à ce que je ne voie que son dos.

• ———— •

La semaine défile entre nuits blanches et appels irrésistibles des bouteilles poussiéreuses sous l'évier. Ignorer cette tentation devient de plus en plus difficile. Le vendredi, je suis complètement vidé. Je ne ressemble à rien et je me sens comme une merde. Quand j'arrive au cours de littérature, Landon, assis à son bureau, cherche mon regard et m'interpelle aussitôt :

— Il faut que je te parle.

Je regarde autour de moi pour voir à qui il peut bien s'adresser. Ça ne peut pas être moi ; mais Tessa vient tout juste de franchir la porte, alors peut-être que si ? Il me confirme, l'air gêné :

— Oui, toi.

Je m'assieds à ma place et l'ignore. Je croise les jambes sous le bureau et m'adosse contre la chaise en plastique rigide.

— Je voulais te proposer de venir dîner chez nous dans quelques jours. Nos parents ont quelque chose à t'annoncer.

Il doit se rendre compte de la connerie qu'il vient de dire car il se reprend immédiatement.

— Ma mère et ton père.

Nos parents ? Il est complètement cinglé ?

— Ne redis plus ce genre de connerie, espèce de minable !

Landon frappe des mains sur son bureau et bondit de son siège. Qu'il essaie pour voir, putain.

— Laisse-le tranquille, Hardin !

Tessa hurle en attrapant mon bras pour m'empêcher de me jeter sur Landon. Elle n'apprendra donc jamais à se mêler de ses putains d'affaires ? Je laisse tomber. *Rien à foutre.* Pourquoi avait-elle besoin de s'en mêler ?

— Tu ferais mieux de t'occuper de tes affaires, Theresa.

Tessa se penche vers son meilleur ami et lui chuchote quelque chose à l'oreille. Avoir un *meilleur ami* est tellement ridicule, mais je suis sûr que ces deux idiots emploient ce terme entre eux.

— C'est juste un sale con. Il n'y a rien d'autre à dire.

Landon a un petit sourire narquois.

Les gloussements de Tessa m'irritent au plus haut point. Elle se tourne vers Landon :

— J'ai une bonne nouvelle !

Gloups. Elle joue la comédie devant moi et s'imagine sûrement que je suis trop débile pour remarquer son comportement de gamine.

— Ah oui ? C'est quoi ?

— Noah vient me voir aujourd'hui et il va rester tout le week-end !

Une profonde brûlure de jalousie s'empare lentement de moi et enflamme chaque parcelle de mon corps. Plus Tessa tape des mains, plus je sens mon regard l'incendier de colère. La vision de son sourire éclatant me fait contracter les mains de plus en plus fort sur le bureau.

— C'est vrai ? C'est super !

Landon lui lèche les bottes et aucun d'eux ne semble remarquer que je fais semblant de bâiller.

4

En même temps qu'il apprenait à connaître la fille, ses peurs commençaient à prendre de l'ampleur. Il n'avait jamais vraiment eu de concurrence concernant la gent féminine. Ses rendez-vous éphémères n'étaient jamais menacés par la présence d'autres hommes.

Ça, c'était jusqu'à ce que le parfait garçon aux cheveux dorés vienne se pavaner avec un livre renfermant les mille secrets de la fille. Il savait que le garçon avait vu la fille grandir, qu'il avait été à ses côtés la plupart du temps et qu'il la connaissait probablement mieux que personne. Il était facile de le haïr, mais finalement il comprit qu'il n'était pas un concurrent.

• ———— •

En avançant dans le couloir qui mène au dortoir de Tessa, j'essaie de faire le vide dans ma tête. Je ne peux m'empêcher d'imaginer Tessa nue, allongée sous le corps de son petit ami. Son cardigan noué autour de ses épaules pendant qu'il la baise.

Si cette image ne me rendait pas malade, je la trouverais hilarante.

Je frappe à la porte de Tessa après avoir déjà tourné la poignée pour entrer. Elle n'est pas fermée à clé, ce qui suggère qu'elle et son copain n'ont rien prévu de trop fou. Je les trouve assis sur le lit dans le noir, et Tessa sursaute quand elle me voit, mettant un peu de distance entre eux. Elle hausse le ton quand elle se rend compte de l'identité de son visiteur surprise.

— Qu'est-ce que tu viens faire ici ? T'es gonflé d'entrer comme ça !

Je souris à cet adorable petit couple, tout en m'asseyant à l'extrémité du lit de Steph.

— Je cherche Steph.

Je mens effrontément en serrant les dents. Je me tourne vers Noah pour évaluer son degré de contrariété. Est-il juste gentil ou coincé comme Tessa ? Tessa va sûrement se pisser dessus quand je vais prononcer son nom.

— Salut Noah, content de te revoir.

Je pense à lui serrer la main. Je suis sûr qu'il est habitué à ce genre de convention dans son *country club*.

— Elle est avec Tristan, ils sont probablement déjà chez toi.

Elle appuie sur chaque mot, comme si elle essayait de me faire comprendre de partir.

Pas encore, Blondie.

— Ah bon ?

Je joue avec les nerfs de Tessa.

— Vous allez à la teuf tous les deux ?

Ça rendrait la soirée bien plus amusante. J'imagine déjà le mec trouver sa place dans la fraternité – les membres, aussi blonds que lui, le feraient picoler à la seconde où il entrerait. Son âme pure serait corrompue, et Theresa n'aurait plus qu'à se trouver un autre mannequin blond Abercrombie. Dure la vie.

Elle me répond :

— Non… on n'y va pas. On essaie de regarder un film.

Je vois la main de Noah bouger dans l'obscurité, et je grince des dents en le voyant saisir celle de Tessa. Même dans le noir, j'arrive à voir qu'elle est mal à l'aise.

— Tant pis. Bon, ben, je vais y aller...

Je tourne le dos, et la pression disparaît légèrement de ma poitrine.

— Au fait, Noah…

Je marque un blanc et observe Tessa se décomposer.

— Il est cool ton cardigan.

Tessa semble soulagée quand elle comprend que je ne vais pas faire de scène.

— Merci. Il vient de chez Gap.

Visiblement il ignore que je me moque de lui.

— Je l'aurais parié. Allez, amusez-vous bien tous les deux.

À ces mots, je sors de la chambre.

Ma poitrine est en feu quand je referme la porte. Quelle petite bite, ce mec.

5

Alors que sa vie commençait tout juste à prendre un peu de sens, tout chavira de nouveau. Il pensait pouvoir tout contrôler parfaitement : sa vie, elle, tout. Il résistait à la douce tentation de l'amertume de l'alcool. Il n'en éprouvait pas le besoin comme avant, jusqu'à ce qu'il se retrouve au téléphone avec son père qui lui dressa un condensé de sa nouvelle – et bien meilleure – vie.

Quand il raccrocha, il n'eut pas d'autre choix.

Il se retrouvait complètement seul, avec pour unique amie une bouteille de scotch. Elle était presque vide ; il pouvait ainsi y voir son reflet.

J'arrive devant la maison de Scott et me gare en plein milieu de l'allée. Je déteste cette putain de belle baraque. Elle siège majestueusement sur une pelouse verdoyante. Ken et Karen paient un max pour faire entretenir leur gazon. Ils en font sûrement autant pour se faire bichonner eux aussi. La nouvelle future femme de Ken adore vivre ici, j'en suis certain. Elle aime sûrement dépenser l'argent de mon père pour se faire papouiller.

J'ai la rage, putain.

Je suis furieux et pas assez bourré pour affronter ces conneries. Quel genre de père est assez con pour annoncer à son fils, avec qui il vient tout juste de renouer, qu'il va épouser une autre femme ? C'est exactement pour cette raison que je ne voulais rien avoir à foutre avec lui, putain. Ça me fait chier de n'avoir eu qu'un quart de bouteille dans mon placard. J'ai mal au crâne, la gorge sèche, j'ai besoin de sentir le scotch brûlant dans ma gorge. Ken a forcément plusieurs bonnes bouteilles offertes par des collègues en chandail, de retour de leurs vacances en Écosse. Mon enfoiré de père va se remarier, et il me l'annonce comme ça : Karen et moi allons nous unir. Très prochainement.

Nous unir ? Quel genre d'expression guindée de merde utilise-t-il donc ? Et par téléphone, putain.

— Nous allons nous unir.

Je répète ces mots en montant les marches du perron deux par deux. Ce mec possède des arbres tellement grands dans son jardin que j'ai l'impression d'être perdu dans la jungle de Willy Wonka, ou dans son espèce d'usine. Bref, peu importe, c'est atroce.

Avant toute chose, j'ai besoin d'un scotch.

— C'est moi !

Ma voix s'élève dans l'obscurité.

Je suis dans la merde. Je suis soûl, mais pas autant que je le souhaiterais. Il me faut plus d'alcool. Et Ken en a. Il en a toujours.

Je frappe à la porte, pas de réponse. La maison est vachement trop grande. Connerie de maison blingbling, modèle en briques.

— Hé !

Je hurle dans les profondeurs du jardin plongé dans l'obscurité et ne reçois que la stridulation des criquets en guise de réponse. Les voisins ont tous une petite lumière sous leur porche, et chaque maison possède un 4 × 4 garé devant, les pare-chocs truffés d'autocollants de WCU. Tout le gratin des étudiants de la haute vit dans cette rue. J'enfonce mon bonnet gris sur ma tête en espérant que cela me rendra encore plus menaçant aux yeux des voisins.

Landon ouvre la porte en bois avant même que je réalise que je suis en train de tambouriner dessus. Mes articulations sont à peine guéries ; la peau n'a jamais vraiment le temps de se reconstituer avant que je ne la déchire à nouveau.

— Hardin ?

Sa voix est faible, comme si je venais de le réveiller.

— Non.

Je passe à côté de lui pour entrer et me dirige tout droit vers la cuisine. Mon regard se pose un instant sur leur canapé ; la housse en fanfreluches fleuries dégueu qui le recouvre me donne envie de gerber. Il me suit, et je parle plus fort pour qu'il puisse m'entendre.

— Je suis quelqu'un qui lui ressemble comme deux gouttes d'eau, sauf que cette version pense que tu es encore plus con.

J'ouvre le placard de la cuisine pour entamer mes recherches. Mon donneur de sperme – c'est-àdire Ken – a jeté la plupart de ses bouteilles d'alcool depuis qu'il est sobre. Mais je sais qu'il a conservé au moins une bouteille d'un scotch exceptionnel. Peut-être est-ce un souvenir, ou peut-être une tentation, mais je sais qu'il l'affectionne beaucoup il la chérit même, putain. Je l'ai entendu plus d'une fois parler de cette stupide bouteille, et avec plus de plaisir qu'il n'en a jamais eu en parlant de son propre fils. Il la range toujours à un endroit différent ; je ne sais pas s'il se la cache à lui-même ou s'il s'en sert comme d'un indicateur permanent de sa sobriété. Quoi qu'il en soit, elle est à moi maintenant.

— Ils ne sont pas là. Ma mère et Ken sont partis en week-end.

Je le sais déjà. Je reste silencieux. Je n'ai pas envie de discuter avec mon nouveau futur demi-frère. Cette idée me donne la nausée. Je ne suis pas fait pour avoir une famille ou des frères et sœurs qui veillent sur moi, et vice versa. Je suis fait pour être seul et me débrouiller.

Je poursuis mes recherches et me dirige maintenant vers la chambre de Ken et Karen. Cette pièce est immense. Assez spacieuse pour contenir au moins trois lits king size de la taille du lit à baldaquin qui trône au milieu de la chambre. Le dressing, la table de nuit et le lit sont tous en merisier sombre. Le même que celui du bureau de Ken.

Putain de maniaque.

La chambre est affreuse et ne ressemble à rien. J'espère que Ken et Karen sont heureux ici, avec leur mobilier assorti et leur nouvelle petite vie. Je tire sur la ficelle pour allumer la lumière et passe mes mains sur les étagères. Mes doigts rencontrent de la poussière, une boîte et… du verre ! Jackpot.

Je la saisis délicatement, puis j'essuie la fine couche de poussière qui s'est accumulée depuis sa dernière exhibition en public. Je retire immédiatement le bouchon et ressens une immense satisfaction en voyant le plastique se tordre en abîmant le joint.

Le scotch est chaud sur ma langue et picote une petite coupure à l'intérieur de ma joue. Je savoure l'épaisse et brûlante consistance de la douce liqueur. Ken Scott a toujours adoré son scotch, c'est un véritable amateur. Le goût est incroyable – si doux, et pourtant si intense à la fois. Personnellement, je trouve que le scotch est un alcool un peu prétentieux. J'étais aussi déçu de découvrir que c'est le seul whisky qui vient d'Écosse. Enfoirés de flambeurs. Quoi qu'il en soit, j'adore le goût – l'un des rares traits communs avec mon père.

J'ai vidé la moitié de la bouteille. J'ai la tête qui tourne, mais je pense que je devrais la terminer, complètement. Pourquoi pas ? Mon père ne la mérite pas ; il ne boit même plus. Il a perdu le droit de posséder une si merveilleuse bouteille quand il a décidé de revenir de l'enfer.

De plus, il possède déjà suffisamment de parfaites et précieuses choses. Comme son nouveau fils, par exemple. Il s'imagine maintenant pouvoir me stopper dans ma mission qui consiste à ce que son nouveau papa se sente aussi nul que moi. Ken a une nouvelle et future parfaite petite femme qui garde son cellier et son estomac remplis. *Elle,* elle n'a pas besoin de travailler huit heures par jour, puis de partir en courant à son second job. Elle n'a pas besoin d'aligner les factures sur la table endommagée de la cuisine afin de choisir celle qu'elle ne pourra pas payer ce mois-ci. Quand nous nous sommes parlé au téléphone, il semblait penser que nous allions très bien à Hampstead. Je tiens ma mère en partie responsable de cette illusion, ma mère dont la fierté est plus grande encore que son cerveau.

Sa maison est propre, même son frigo – il n'y a aucune trace apparente sur l'inox. Je lèche mes doigts et les fais courir sur le métal.

Landon se fout de moi et peste derrière mon dos.

— T'as bu la bouteille entière ?

Ses yeux hagards fixent la bouteille qui se balance au bout de mon bras.

— Non, il en reste la moitié. T'en veux ?

Les mains levées, il recule dans la salle à manger. Je le suis.

— Non.

Le parfait fiston ne boit pas. Comme c'est mignon.

— Je croyais que tu avais arrêté de boire ?

Je me tourne vers lui en prenant appui, pour ne pas tomber, sur une grande commode pleine de vaisselle fine et étincelante. Putain, mais qu'est-ce qu'il en sait ?

Mes doigts s'enfoncent dans le bois du meuble.

— Qu'est-ce qui te fait dire ça ?

Il réalise soudain qu'il ne devrait peut-être pas dire ce genre de chose à un pauvre enfant déséquilibré. Ses yeux s'écarquillent.

— Je voulais dire…

Il va me raconter des conneries.

— Arrête.

Je lui tends la bouteille à bout de bras, mais il recule dans le salon. Il ne va pas s'arrêter de parler, putain. Il va me pousser à bout, encore et encore – je n'ai aucun contrôle sur lui ni sur rien de ce qui est en train de se passer. Mon connard de père va se marier, putain.

Je suis bourré et fou de rage, et ce petit con continue de me provoquer.

Mes doigts agrippent les coins du vaisselier près de moi.

Il ne sait pas s'arrêter.

— Ton père a dit...

Maintenant, c'est à mon tour de le *pousser* dans ses retranchements : avant qu'il ne termine sa phrase, je renverse le vaisselier de toutes mes forces et lâche la bouteille dans le même temps. Landon hurle quelque chose, mais le bruit de la vaisselle fracassée m'empêche de l'entendre.

— Sors d'ici ! Dégage !

Je me baisse et attrape la bouteille dans le monceau de verres brisés, d'éclats de bois et de fragments de vaisselle bleue et blanche. Je me suis coupé le bout du doigt. J'aspire le sang tout en m'assurant que la bouteille de scotch est bien fermée.

— Tessa serait vraiment impressionnée !

Sa remarque me parvient au moment où j'ouvre la porte de derrière.

Tessa ? J'ai envie de lui demander ce que Tessa peut bien foutre dans cette histoire, mais je ne veux pas lui donner la satisfaction de savoir qu'il peut s'en servir pour m'atteindre. Quelle que soit la raison, il pense que balancer son nom va me faire réagir et que j'en aurai quelque chose à foutre. Je ne le laisserai pas penser qu'il a raison. Je décide de l'ignorer, même si cela me demande un effort, et sors sur la terrasse.

L'air est doux et calme ; le début de l'automne se fait sentir et les nuits d'été ne vont pas tarder à rafraîchir, pour enfin devenir glacées. La prochaine fois que je déconne, je me barre dans un endroit chaud.

Tessa serait vraiment impressionnée, dis-je à voix haute en me moquant de la voix de Landon. Il a voulu jouer les malins en me faisant comprendre qu'elle n'approuverait pas le désordre que j'ai semé ni ma crise de colère. Je gueule dans l'obscurité :

— Tessa, Tessa, Tessa !

Même ce jardin est parfait. Il est presque aussi grand qu'un terrain de football américain, encadré par de grands arbres qui apportent de l'ombre le jour et un voile noir la nuit.

. ——— .

J'ai la tête qui tourne, et le silence n'aide pas. J'avale une autre gorgée.

Quelques minutes plus tard, le grincement de la porte me fait sursauter. Tessa se tient dans l'entrée, face à Landon. Elle s'approche de moi et, à chaque pas, je peux sentir la bouteille peser plus lourd dans mes mains. Ses yeux étincelants sont ancrés dans les miens.

Est-elle réelle ? Ses cheveux blonds sont si brillants sous les lumières du patio. Elle irradie. Elle fronce des sourcils, mais elle rayonne.

Est-elle vraiment là ? Il semblerait que oui... À moins que la bouteille ne contienne des substances hallucinogènes, elle doit être là.

— Qu'est-ce que tu fous ici ?

Je suis son regard vers Landon et me raidis. Cet enfoiré.

— C'est Landon... il...

— Putain ! C'est toi qui l'as appelée ?

Landon m'ignore, rentre dans la maison et referme la porte coulissante derrière lui.

Tessa pointe son index vers moi pour défendre son ami :

— Fiche-lui la paix, Hardin… Il s'inquiète pour toi.

Le frangin parfait a une amie parfaite.

Sa voix est douce d'habitude, mais pas quand elle est énervée. Ses yeux si beaux, trop parfaits pour son visage d'ange. Je ne peux m'empêcher de la dévisager ; elle me donne mal au crâne. Je dois lutter pour deviner à quoi elle pense, et la nuit a été longue. Je m'assieds à la table du jardin et lui fais signe de me rejoindre.

Quand elle s'assied, je prends une autre gorgée. Elle me fixe et son regard est plein de reproches. Quand je repose violemment la bouteille sur la table en verre, elle fait un bond. Elle devrait partir, elle ne devrait pas être là. Pourquoi est-elle venue, de toute façon ? Son copain est avec elle ce week-end, prêt pour des séances de gros câlins.

Cette pensée me fait frémir.

Landon n'avait aucun droit de l'appeler pour qu'elle vienne ici.

— Roooh, vous êtes trop mignons tous les deux. Et si prévisibles ! Ce pauvre Hardin ne va pas bien, alors vous vous mettez à deux pour me tomber dessus et me faire culpabiliser d'avoir cassé cette vaisselle de merde.

Je lui souris en lui faisant comprendre que j'ai l'intention de jouer les méchants ce soir.

— Je croyais que tu ne buvais pas.

C'est plus une question qu'une affirmation. Elle essaie juste de comprendre qui je suis. Je la déstabilise et elle déteste ça.

— C'était vrai. Jusqu'à maintenant. Ce n'est pas la peine de me prendre de haut, tu sais. Tu n'es pas meilleure que moi.

Je la pointe du doigt en utilisant la même vieille technique de réprimande qu'elle. Elle ne semble pas perturbée par mon geste. Je prends une nouvelle gorgée.

— Je n'ai jamais prétendu être meilleure que toi. Je veux juste savoir pourquoi tu t'es remis à boire tout à coup.

Jamais je ne comprendrai ce qui fait croire à cette fille qu'elle peut se permettre de demander aux gens ce qu'elle veut, comme ça. Des limites ? Elle n'en a aucune.

— Qu'est-ce que ça peut te faire ? Où est ton petit ami, d'abord ?

Je lui balance cette question en pleine face. Elle regarde ailleurs, incapable de soutenir mon regard.

— Il est resté dans ma chambre. Je désire seulement t'aider, Hardin.

Elle essaie de saisir ma main, mais je me recule avant qu'elle puisse me toucher.

Que fait-elle ? C'est une mauvaise blague. Landon a dû lui dire de venir ici et de jouer les gentilles avec moi pour me calmer, ou une connerie dans le genre. Elle ne me toucherait pas sans raison.

— M'aider ?

Je ricane.

— Si tu veux m'aider, eh bien, casse-toi.

J'agite ma main qui tient la bouteille en direction de la porte.

— Pourquoi ne veux-tu pas me dire ce qui se passe ?

Je savais qu'elle ferait ça. Ses cheveux sont déployés en vagues sur ses épaules. Elle porte des vêtements simples et semble plus jeune que jamais. Ses yeux lâchent les miens. Elle baisse son regard vers ses mains posées sur ses genoux.

Par habitude, j'enlève mon bonnet pour me passer la main dans les cheveux. Je peux sentir l'odeur du scotch transpirer de tous mes pores. La respiration de Tessa s'évacue dans un profond soupir. J'accorde ma respiration à la sienne et me demande ce que je suis en train de foutre.

Je préfère qu'elle parle plutôt qu'elle reste assise là sans rien dire.

— Mon père attend la dernière minute pour m'annoncer qu'il va épouser Karen et que le mariage aura lieu le mois prochain. Il y a longtemps qu'il aurait dû me le dire. Et par téléphone, en plus. Je suis sûr que le petit Landon le sait depuis un bon moment, lui.

Les yeux de Tessa sont rivés sur moi. Elle a l'air un peu surprise que je me dévoile à elle de cette manière.

Je n'avais pas prévu de rentrer autant dans les détails.

C'est la faute du whisky.

— Il avait probablement ses raisons pour ne pas te le dire.

Évidemment. Elle prend sa défense. Ken Scott est comme elle : beau, raffiné et endossant toujours le meilleur rôle.

— Tu ne le connais pas, il n'en a rien à foutre de moi. Tu sais combien de fois nous nous sommes parlé en un an ? Dix, à tout casser. Tout ce qui compte pour lui, c'est sa grande maison, sa nouvelle future femme et son nouveau parfait rejeton.

J'avale une autre gorgée et m'essuie les lèvres du dos de la main.

— Si tu voyais le taudis dans lequel vit ma mère en Angleterre ! Elle prétend qu'elle se plaît là-bas, mais je sais que ce n'est pas vrai. C'est plus petit que la chambre de mon père dans cette maison. Ma mère m'a pratiquement obligé à venir à la fac ici, pour me rapprocher de lui… et on voit ce que ça a donné !

— Tu avais quel âge quand il est parti ?

Je n'arrive pas à savoir si c'est de la curiosité, de la pitié ou si elle se pose simplement la question.

J'hésite avant de répondre.

— Dix ans. Mais déjà avant de partir, il n'était jamais là. Il était tout le temps au bistrot, il en changeait tous les soirs. Maintenant, c'est Monsieur Parfait, qui possède tous ces trucs de merde.

Je désigne la maison et les pots remplis de fleurs flamboyantes alignés sur le rebord de la terrasse, complétant le décor.

— Je suis désolée d'apprendre qu'il vous a quittés comme ça, mais...

Je l'interromps net.

— Tu peux garder ta pitié.

Elle est sans cesse en train de trouver des excuses à tout le monde. C'est frustrant, putain. Elle ne connaît pas mon père. Elle n'a pas eu à endurer tout son merdier jusqu'à ne plus en pouvoir, puis à endurer son absence quand il a disparu.

— Ce n'est pas de la pitié. J'essaie juste de…

— De quoi ?

Me juger ? Je la pousse à répondre.

— De t'aider. D'être là pour toi.

Ça sonne plutôt bien quand elle le dit. Dommage qu'elle ne sache rien à propos de moi. Elle ne sait pas qui elle essaie d'aider. Il faut qu'elle comprenne que je suis irréparable et qu'elle perd son temps. Elle doit partir et ne plus jamais m'adresser la parole.

— Tu es vraiment nulle. Tu ne vois pas que je ne veux pas de toi ici ? Je ne veux pas que tu sois là pour moi. Ce n'est pas parce qu'on s'est un peu amusés ensemble que je veux avoir quoi que ce soit à faire avec toi. Et toi, tu abandonnes ton gentil petit ami, la seule personne qui te supporte, pour venir ici et essayer de m'« aider ». C'est vraiment pathétique, Theresa.

À ces mots, j'observe ses yeux gris se changer en pierres.

— Tu ne penses pas ce que tu dis.

Elle ne me connaît pas, et pourtant elle arrive à lire en moi.

J'assène alors le coup de grâce.

— Si, absolument. Rentre chez toi.

Je lève la bouteille en signe de victoire et m'apprête à boire quand elle me l'arrache des mains et la balance à travers le jardin.

— Qu'est-ce que tu fous ?

Elle est dingue ? Jeter une bouteille de scotch de cette valeur dans le jardin, comme ça ? Je regarde tour à tour sa silhouette se ruer à grandes enjambées vers la porte de la terrasse et la bouteille. Je récupère le scotch, le laisse de côté près de la table sur la terrasse, puis m'apprête à la suivre. Je lutte pour garder mon équilibre et j'arrive à me rattraper. Je me plante devant elle.

— Où tu vas ?

Je baisse les yeux vers elle et l'empêche de rentrer dans la maison. Ses cils accrochent tellement la lumière du porche qu'ils donnent l'impression de brosser ses pommettes. Je la fixe pendant qu'elle regarde ses pieds.

— Je vais aider Landon à ranger le bazar que tu as mis, avant de rentrer chez moi.

Sa voix est pleine d'assurance et ne laisse aucune place à la discussion. Sauf que je suis maître dans l'art de trouver l'espace, la faille, aussi petite soit-elle, pour imposer mes arguments.

— Et pourquoi tu l'aiderais ?

D'abord il me trahit en l'appelant et maintenant, elle m'abandonne pour l'aider, lui ?

— Parce que, contrairement à toi, il mérite qu'on l'aide, lui.

Ses mots sont comme des coups de poignard dans ma poitrine. Elle me défie du regard.

Elle a raison. Il est le genre de mec avec qui tout le monde veut traîner. Il ne démolit rien et ne pète pas les plombs en apprenant une mauvaise nouvelle. Il mérite qu'on lui accorde du temps et de l'attention. Tout comme il mérite de vivre dans cette grande maison, d'y être accueilli chaleureusement et d'y avoir sa propre chambre. Il mérite de savourer des petits plats faits maison ; il n'a pas à manger des trucs livrés dans une chambre vide, à l'intérieur d'une maison pleine d'étrangers qui le haïssent en secret.

Elle a raison sur ce point. Voilà pourquoi je la laisse passer pour retourner dans la maison sans rien ajouter.

Le regard qu'elle m'a lancé en arrivant me hante. Je rejoue la scène dans ma tête, encore et encore. J'attrape mon portable et fais défiler quelques photos que j'ai prises d'elle. Sur celle-ci, elle marchait vers le ruisseau… ses cheveux étaient si blonds au soleil et sa peau étincelante. Elle était calme – nerveuse, sans doute – mais elle semble si paisible sur la photo. Elle est vraiment belle. Pourquoi voudrait-elle m'aider ? Qu'est-ce que Landon lui a raconté sur moi et mes problèmes avec l'alcool ?

Je remets mon bonnet. Quelques minutes plus tard, je ne résiste pas à l'envie de retourner à l'intérieur. J'ouvre la porte, les yeux rouges et la tête en vrac.

— Tessa, est-ce que je peux te parler, s'il te plaît ?

Accroupi sur le sol, Landon muni d'un sac-poubelle ramasse les fragments de vaisselle. Tessa secoue la tête. Je fixe son visage, puis mes yeux descendent rapidement le long de son corps et s'arrêtent sur son doigt ensanglanté. Elle est en train de le passer sous l'eau du robinet.

Je me rue vers elle.

— Tu vas bien ? Que s'est-il passé ?

— Ce n'est rien, juste un petit bout de verre.

La coupure a l'air petite, mais je n'arrive pas à la voir clairement. Je saisis sa main et l'extirpe de l'eau. La coupure fait environ un centimètre de long et n'est pas trop profonde. Ça ira ; elle a juste besoin d'un pansement. Sa main paraît si légère dans la mienne, si chaude. Ma respiration se temporise à son contact. Je lâche sa main et elle soupire profondément. Je me tourne vers Landon :

— Où on trouve des pansements dans cette baraque ?

— Dans la salle de bains.

Au ton de sa voix, je comprends que je l'agace. Dans la salle de bains, je trouve facilement la petite boîte de pansements et m'empare du gel antiseptique avant de retourner dans la cuisine.

Je prends la main de Tessa dans la mienne une seconde fois et applique du gel sur le bout de son doigt.

Elle m'observe attentivement… désorientée, sans doute. Les pansements me font penser à ma mère et à cette horrible nuit il y a longtemps. Je chasse ces souvenirs et enveloppe le doigt de Tessa dans le pansement. Je réitère ma demande :

— Je peux te parler, s'il te plaît ?

Elle hoche la tête. Je saisis alors son poignet et l'entraîne de nouveau sur la terrasse. Nous aurons plus d'intimité à cet endroit ; Landon ne pourra pas nous entendre.

Arrivés près de la table, je relâche son poignet et tire une chaise devant elle. C'est le moins que je puisse faire, je suppose. Ma main est glacée, et mon pouls semble s'être ralenti. Je me sens calme et détendu.

Je traîne un autre siège à travers le patio. Mes genoux touchent presque les siens quand je m'assieds en face d'elle.

Tessa prend l'air désintéressé.

— De quoi veux-tu parler au juste, Hardin ?

J'enlève mon bonnet, le pose entre nous sur la table et passe mes doigts dans mes cheveux. Je me sens vraiment con d'avoir agi comme un trou du cul quelques minutes plus tôt. Je veux qu'elle sache que je ne suis pas son œuvre de bienfaisance ou sa petite poupée cassée. Maintenant que l'adrénaline m'a quitté, je commence à prendre conscience de la merde que je suis. Doucement, je lui dis :

— Excuse-moi.

Mes mots restent figés dans l'air. Elle ne répond rien.

— Tu as entendu ce que j'ai dit ?

— Oui, j'ai entendu.

Elle aboie, le menton relevé en l'air, en signe de défi. Elle est en colère.

Elle est en colère ? *Je* suis furieux, putain. Elle vient ici, s'immisce dans mes drames familiaux et n'accepte pas mes excuses ?

Je tends la main vers la bouteille et dévisse le bouchon. Elle ne me lâche pas du regard quand je fais couler le liquide dans ma gorge. Je lui balance :

— Ce n'est pas facile de s'y retrouver avec toi.

— Pas facile, avec *moi* ? Tu rigoles ! Qu'est-ce que tu veux que je fasse, Hardin ? Tu es si dur avec moi… tellement dur.

Ses lèvres tremblent et ses yeux commencent à s'humidifier. Elle tente de redresser ses épaules qui s'affaissent ; elle est plus que contrariée.

Je chuchote :

— Je ne le fais pas exprès.

— Bien sûr que si, et tu le sais très bien. Tu le fais exprès. Personne ne m'a jamais traitée aussi mal de toute ma vie.

Ça ne peut pas être vrai. Je ne suis pas si odieux avec elle ; elle n'a pas dû affronter grand-chose dans sa vie pour dire qu'elle n'a jamais été aussi mal traitée.

— Alors, pourquoi est-ce que tu continues à traîner autour de moi ? Pourquoi tu ne laisses pas tomber, tout simplement ?

Si je suis si mauvais, pourquoi ne lâche-t-elle pas l'affaire avec moi ?

J'ignore la partie de mon cerveau qui se demande comment je réagirais si elle arrêtait d'essayer.

— Si je... Je ne sais pas. Mais je peux t'assurer qu'après ce qui s'est passé ce soir, c'est ce que je vais faire. Je vais arrêter le cours de littérature et je le reprendrai au deuxième semestre.

Ses bras enserrent ses genoux. Le vent balaie ses cheveux derrière ses épaules. Je me demande si elle a froid.

Je n'ai pas envie qu'elle abandonne le cours ; c'est le seul horaire régulier que nous avons ensemble.

— Non, ne fais pas ça.

— Qu'est-ce que ça peut te faire ? Ça t'évitera de côtoyer quelqu'un d'aussi nul que moi, non ?

Je sens de la douleur derrière ses mots, mais je ne la connais pas assez pour juger de sa sincérité. J'aimerais bien pourtant. Je me demande combien de personnes la connaissent vraiment, la vraie Tessa. Je parle de celle dont les sourcils se plissent avant de sourire, celle qui mène une vie que sa mère est loin d'imaginer.

— Ce n'est pas ce que j'ai voulu dire… C'est moi qui suis nul.

Je soupire et m'adosse contre ma chaise.

Son regard me transperce.

— Ne compte pas sur moi pour te contredire là-dessus.

Ses lèvres sont pincées. Elle essaie de saisir la bouteille, mais je suis plus rapide qu'elle cette fois.

— Parce que tu es le seul à avoir le droit de te soûler ?

Elle me regarde, les yeux rivés sur l'anneau dans mon arcade sourcilière.

— J'ai cru que tu voulais la jeter, encore.

Je la lui tends. Je n'aime pas qu'elle boive, mais elle semble prête à se battre et moi non. Je veux juste qu'elle reste ici. J'aime le calme qui m'habite quand elle est là.

Elle s'étrangle au moment d'avaler le scotch.

— Tu bois souvent ? L'autre jour, tu m'as laissé entendre que tu ne le faisais jamais.

Ça y est, elle me passe sur le gril.

— La dernière fois, c'était il y a six mois environ.

Six mois qui viennent de se volatiliser d'un coup, pour rien. Bien joué, t'es qu'un crétin, Hardin.

— Si j'ai un conseil à te donner, tu ferais mieux de ne pas boire du tout. Ça te rend encore plus mauvais que d'habitude.

Son ton se veut humoristique. Mais je sais qu'elle est sérieuse.

— Tu penses vraiment que je suis une mauvaise personne ?

Je continue de fixer le sol en attendant sa réponse. Elle va me dire oui. C'est ce que tout le monde répondrait.

— Oui.

Je ne suis pas surpris par sa réponse, même si quelque part j'avais espéré qu'elle dise non.

— Tu te trompes. Enfin, tu as peut-être raison… Je voudrais que tu...

Je ne suis pas une si mauvaise personne, si ? Je pourrais m'améliorer, pour elle, si elle me le demandait. Je l'observe et remarque que ses lèvres tremblent en attendant que je termine ma phrase. J'ai envie d'être quelqu'un de bien. Je veux qu'elle le pense.

— Tu voudrais que je quoi ?

Elle semble impatiente. Elle me rend la bouteille, et je m'assieds sur la table sans reprendre de gorgée.

Comment répondre à ça sans avoir l'air pathétique ? Je pourrais arrêter de boire et être plus sympa avec les gens. Ou juste avec elle.

— Rien.

Je n'arrive pas à trouver les bons mots avec elle.

— Je ferais mieux de m'en aller.

Elle se lève pour s'éloigner de moi. Elle marche trop vite, et je ne veux pas qu'elle parte. Je dois redoubler d'efforts.

— Ne t'en va pas.

Je me lève pour la suivre. Quand elle s'arrête, son visage est si près du mien que je peux sentir une vague odeur de scotch dans son haleine.

— Pourquoi ? Pour que tu me jettes d'autres insultes à la figure ?

Ses mots m'atteignent plus que d'habitude. Elle me tourne le dos et je m'élance vers elle. Je l'attrape par le bras et la tire vers moi.

— Ne me tourne pas le dos !

Je lui hurle dessus. Elle n'a pas le droit de venir ici pour remuer la merde et se barrer.

J'en ai plus que marre de ces gens qui me font subir ça, putain.

— Il y a longtemps que j'aurais dû le faire !

Tessa me repousse.

— Je me demande même ce que je fais ici ! Je suis venue à l'instant même où Landon me l'a demandé !

Elle me gueule dessus maintenant. Son visage est rouge de colère et sa bouche remue trop vite. Elle passe sa langue sur ses lèvres pour les humidifier et terminer sa tirade enflammée.

— J'ai laissé mon copain en plan, mon copain qui, comme tu l'as dit toi-même, est la seule personne capable de me supporter, pour venir à ton secours !

Ses mots s'enfoncent un à un dans ma chair. Elle a vraiment laissé son copain pour venir. Elle n'a aucune autre raison d'être ici, si ce n'est pour moi. Peut-être que je ne suis pas aussi mauvais que ça, après tout. Et peut-être qu'elle le sent.

— Tu sais quoi ? Tu as raison Hardin, *je suis* vraiment nulle. Je suis nulle d'être venue ici, je suis même nulle d'essayer…

Sans réfléchir, je réduis l'espace entre nous et écrase ma bouche contre la sienne. Elle me repousse et tente de se débattre, mais je peux sentir son corps s'abandonner dans mes bras.

— Embrasse-moi, Tessa.

Je la supplie. J'ai besoin d'elle.

— S'il te plaît, embrasse-moi. J'ai besoin de toi.

Dans une dernière tentative, j'essaie de faire en sorte qu'elle me rende mon baiser. Ma langue effleure ses lèvres scellées qui finissent par s'ouvrir complètement. Puis, soudain elle s'abandonne à moi, totalement, sans retenue. Elle se penche vers moi, soupirant contre ma poitrine. Mes mains se posent alors sur ses joues, pour recueillir son visage et la savourer davantage. Je passe ma langue sur sa lèvre inférieure, ce qui la fait frissonner. J'enroule mes bras autour d'elle et l'attire fermement contre moi.

Soudain, un bruit retentit dans la maison et Tessa s'écarte de moi. J'arrête de l'embrasser, mais garde mes bras autour d'elle.

— Hardin, il faut vraiment que je m'en aille. On se fait du mal l'un à l'autre. On ne peut pas continuer.

Elle se ment à elle-même. On peut certainement trouver une solution.

— Mais si, on peut.

Je ne sais pas d'où me vient cette lueur d'espoir, mais elle me fait du bien, là, dans le creux de la poitrine.

— Non. Tu me détestes et j'en ai marre de te servir de punching-ball. Je ne sais plus où j'en suis. Une fois, tu me dis que tu me trouves insupportable et une autre fois, tu m'humilies juste après ma première expérience intime…

— C'est vrai, j'ai merdé.

J'ai besoin d'expliquer ce qui s'est passé, de lui dire qu'il m'arrive parfois de tout faire foirer exprès. J'ai toujours été comme ça. Quand j'avais douze ans, ma grand-mère a voulu m'organiser une fête d'anniversaire. Elle avait envoyé des cartons d'invitation et acheté un très bon gâteau. Le jour de ma fête, j'ai raconté à tout le monde qu'elle était annulée et me suis enfermé toute la journée dans ma chambre pour bouder. Je n'ai même pas touché au gâteau. Je merde parfois… mais je peux trouver un moyen d'arrêter ça. Si c'est pour pouvoir embrasser Tessa et la sentir se perdre en moi, alors je ferai n'importe quoi.

J'essaie de l'interrompre, mais elle m'en empêche en posant son doigt sur ma bouche.

Si elle n'avait pas de pansement, je serais déjà en train d'embrasser sa coupure.

— Une autre fois, tu m'embrasses en disant que tu as besoin de moi. Je n'aime pas la personne que je suis avec toi et je déteste ce que je ressens quand tu me dis des choses horribles.

— Quelle personne es-tu quand tu es avec moi ?

J'aime qui elle est. C'est une bien meilleure personne que la plupart des gens.

— Une personne que je ne veux pas être. Une personne qui trompe son petit ami et pleure toutes les cinq minutes.

Sa voix se brise. Elle a honte de la personne qu'elle est devenue à mon contact. Je me sens merdeux. Je veux qu'elle soit heureuse de passer du temps avec moi. Je veux qu'elle me désire autant que je la désire aussi, irrésistiblement.

— Tu sais quelle est ma version de cette personne ?

Mon pouce glisse le long de sa joue et ses yeux se ferment légèrement sous ma caresse.

— Laquelle ?

Ses lèvres bougent à peine. L'atmosphère entre nous est calme à présent, elle attend ma réponse.

Je réponds franchement.

— Tu es toi-même. Je pense que c'est ta vraie personnalité, mais que tu t'inquiètes beaucoup trop de l'opinion des autres pour t'en apercevoir. Et je sais le mal que je t'ai fait après t'avoir tripotée.

Elle frémit en m'entendant parler si crûment.

— Excuse-moi… après notre expérience. Je sais que j'ai eu tort. Je me sentais très mal lorsque tu es descendue de la voiture.

— Ça m'étonnerait.

Elle lève les yeux au ciel, m'ignorant complètement.

— Je te jure que c'est vrai. Je sais que tu penses que je ne suis pas quelqu'un de bien… mais avec toi…

Je n'arrive pas à terminer ma phrase. Elle est en train de creuser en moi, de plus en plus profondément, et c'est terrifiant.

— Laisse tomber.

— Termine ce que tu allais dire, Hardin, ou je m'en vais sur-le-champ, je ne plaisante pas.

Je sais qu'elle ne plaisante pas. Elle attend, la main posée sur la hanche, les yeux durs comme de la pierre.

— Avec toi… j'ai envie… de devenir quelqu'un de bien, pour toi… Je veux être quelqu'un de bien pour toi, Tess…

Je prends une grande inspiration, et elle arrête de respirer.

6

Quand elle commença à lui mettre la pression pour officialiser leur relation et obtenir des preuves d'engagement, il paniqua. Il se sentit comme un animal sauvage traqué et pris au piège. La cage était celle de la franchise, et elle menaçait de l'y enfermer sans qu'il puisse en échapper. Il ne voulait pas la perdre, mais plus les jours passaient, plus il lui était difficile de la garder à ses côtés. Elle retournait la situation, remettant en cause des choses que, selon lui, elle ne pigerait jamais. Quand elle en voulut plus, elle l'exigea et n'accepta rien d'autre que oui comme réponse. Mais quand, à son tour, il réclama plus, elle le repoussa, prétextant mille excuses.

— Ça ne pourra pas marcher entre nous, Hardin, nous sommes trop différents. Et d'abord, tu ne sors avec personne, je te rappelle.

Elle m'incendie et s'écarte de moi. J'espère qu'elle n'a pas l'intention de partir. On dirait que toutes nos conversations portent désormais sur le futur. Se marier, vivre ensemble, rompre, ne pas rompre. Tessa éprouve ce besoin de planifier sa vie entière, mais pas moi. À ce stade, il semble évident que je ne sais pas comment gérer le genre de pression qu'elle m'impose.

Malgré tout, elle persiste à vouloir que je devienne quelqu'un de bien pour elle.

— Nous ne sommes pas si différents que ça. Nous aimons les mêmes choses, les livres, par exemple.

Je dois toujours me justifier auprès d'elle.

— Encore une fois, tu ne sors avec personne, c'est bien ce que tu as dit ?

Je sais, mais nous pourrions… être amis ?

Amis ? Vraiment, Hardin ?

La frustration se lit dans ses yeux.

— Je croyais t'avoir entendu dire que nous ne pouvions pas être amis ? Et je ne veux pas être amie avec toi, au sens où tu l'entends.

Toi, tu veux tous les avantages du petit ami sans avoir à t'impliquer dans une relation.

Je relâche mon étreinte et vacille, mais récupère rapidement mon équilibre.

— Pourquoi est-ce si compliqué ? Pourquoi as-tu besoin de mettre une étiquette sur tout ?

J'apprécie de retrouver un peu d'espace entre nous et de respirer un peu d'air frais, sans vapeurs d'alcool.

— Parce que, Hardin, même si je n'ai pas fait preuve de beaucoup de retenue ces derniers temps, j'ai du respect pour moi-même. Je refuse d'être ton jouet, surtout quand cela implique que tu me traites comme une merde.

Elle agite ses mains en l'air, exaspérée.

— Et, de toute manière, je ne suis pas libre, Hardin.

Elle se sert de ce mec comme excuse ? Oh, franchement ! Qui essaie-t-elle de berner ? Je lui réponds sèchement :

— Et pourtant, c'est avec moi que tu es en ce moment.

Elle est en train de me narguer en agitant son petit ami au-dessus de ma tête et, pourtant, elle se plaint quand je fais la même chose avec Molly. Dans sa situation, elle ne semble pas y voir d'inconvénient. Ce soir l'alcool n'arrange pas les choses, je suis assez intelligent pour le savoir, mais assez con pour continuer de me comporter comme une merde. Je suis aussi suffisamment alcoolisé pour n'en avoir rien à foutre. Comme d'avoir réduit la salle à manger de mon père en miettes.

Elle sort les crocs et sa bouche se tord en une grimace menaçante.

— Je *l'aime* et il *m'aime*.

Ses mots me déchirent la poitrine. Les derniers m'atteignent jusqu'à la moelle. Je m'écarte d'elle et cogne dans la chaise. Rien à foutre de mon manque d'équilibre.

— Ne me dis pas ça.

Je lève une main comme pour me protéger de ses paroles.

Elle ne cède pas pourtant ; elle est folle de rage, comme si elle allait me sauter à la gorge.

— Tu dis ça parce que tu es complètement soûl. Dès demain, tu te rappelleras que tu me détestes.

La détester ? *La détester ?* Comme si je pouvais la détester !

Consterné, je recule et tente de porter mon attention sur les arbres dont le vert est si éclatant ici à cause de la pluie.

— Je ne te déteste pas. Si tu peux me dire, en me regardant droit dans les yeux, que tu veux que je te laisse tranquille et que je ne t'adresse plus jamais la parole, je le ferai.

Je n'ai pas envie de l'entendre prononcer ces mots – ils me tueraient – mais si elle le pense, si elle veut vraiment que je m'efface, je le ferai.

— Je te jure qu'à cette minute, je ne m'approcherai plus jamais de toi. Il suffit que tu le dises.

J'essaie d'imaginer ma vie si elle n'en faisait plus partie. Elle emporterait avec elle tout ce qui lui donne du relief.

Je poursuis avant qu'elle ne puisse répondre.

— Dis-le, Tessa. Dis-moi que tu ne veux plus jamais me voir.

Je ne peux pas l'envisager. Je m'approche d'elle et caresse ses bras du bout de mes doigts, ce qui lui donne la chair de poule. Ses lèvres s'entrouvrent.

Je m'approche plus près et lui murmure :

— Dis-moi que tu ne veux plus jamais sentir mes mains sur toi.

Je presse mes doigts le long de son cou, le caresse doucement, puis descends le long de son épaule. Elle chavire presque à présent, incapable de sortir un son. Je me penche encore plus près. Mon visage est à moins d'un centimètre du sien. Je peux sentir les frissons sur sa peau ; ce faible tressaillement capte notre attention à tous les deux.

— Dis que tu ne veux plus jamais que je t'embrasse…

Je parle plus bas et elle tremble.

— Dis-le moi, Theresa.

J'insiste sur chacun de ces mots que je ne veux pas voir sortir de sa bouche.

J'entends à peine quand elle prononce mon nom, mais sens son souffle contre mes lèvres.

— Tu ne peux pas me résister, Tessa, pas plus que je ne peux te résister.

Elle semble hésitante mais pas effrayée par ce constat. Je lui demande, en pressant ma bouche contre ses lèvres :

— Reste avec moi ce soir.

Tessa me lâche des yeux pour regarder la maison, puis elle recule. Je me retourne pour comprendre ce qui lui a fait peur mais ne vois rien. Elle dit qu'elle doit y aller.

Non, elle ne peut pas partir. Je ne suis pas encore prêt à rester tout seul dans cette maison. Je ne peux pas croire que je vais rester ici.

— Bordel.

Je passe mes doigts dans mes cheveux en râlant.

— Je t'en prie, reste. Juste cette nuit, même si tu décides demain matin de me dire que tu ne veux plus me voir…

Je ne veux pas que ça soit une option, mais malheureusement c'en est une.

— S'il te plaît, reste. Je t'en supplie, ce qui n'est pas dans mes habitudes, Theresa.

Je n'ai jamais supplié personne de ma vie. Est-ce l'alcool ou elle qui me rend complètement dingue ? Je ne sais pas.

Tessa hoche la tête. Ses yeux brillent sous la lumière du porche.

— Mais qu'est-ce que je vais dire à Noah ?

Son nom me fait l'effet d'un coup de poignard et me rappelle qu'elle n'est à moi que temporairement. J'ai besoin de plus de temps avec elle.

— Il m'attend et j'ai pris sa voiture.

Elle l'a laissé dans sa chambre ? Pour moi ?

Je ne sais pas quoi en penser. Ont-ils rompu ? Sait-il qu'elle est là, avec moi ? Je me demande si le gars connaît seulement mon prénom. Putain, ça me rend malade de ne pas savoir ce qu'elle ressent pour moi. Steph ne me lâchera rien, et Tessa encore moins.

Fait-elle à ce point attention à ce que son copain peut penser ? Je fixe l'arrière de la maison. La vigne vierge s'infiltre partout dans le mur en briques. Les lumières sont si vives. Je la suspecte d'être en train de comprendre brusquement la situation.

— Tu n'as qu'à lui dire que tu dois rester parce que… je ne sais pas. Ne lui dis rien. Qu'est-ce qu'il va faire ?

Je suis curieux de comprendre pourquoi Noah semble avoir autant de pouvoir sur elle. Elle soupire ; sa lèvre inférieure se gonfle. Elle a vraiment l'air inquiète. Que pourrait-il bien se passer de si grave... il irait tout balancer à sa maman ? Elle a dix-huit ans maintenant – elle est au courant, non ?

— De toute façon, il doit probablement dormir. C'est vrai ; il a sûrement l'habitude de se plier au couvre-feu du lycée.

Tessa secoue la tête. Je m'adosse contre le rebord de la terrasse.

— Non, il n'a aucun moyen de rentrer à son hôtel.

Hôtel ? Ce mec va dormir dans un putain d'*hôtel* ? Est-il seulement assez vieux pour louer une chambre par ses propres moyens ?

— Son hôtel ? Attends... il ne dort pas chez toi ?

Je suis déconcerté.

— Non, il a pris une chambre à l'hôtel d'à côté.

Elle baisse le regard vers la terrasse en bois et frotte ses pieds, mal à l'aise.

— Et tu y dors aussi ?

— Non, lui, il est là-bas, et moi dans ma chambre.

Elle me répond tout bas, l'air embarrassé. Elle garde les yeux rivés au sol.

J'y crois pas, putain. Est-ce qu'il l'aime ? Aime-t-il seulement les femmes ? Je veux dire, franchement, regarde-la !

— Il est *homo* ?

Je ne peux m'empêcher de lui poser la question. Il l'est forcément. À moins qu'il la trompe, ce qui serait vraiment merdique – mais arrangerait terriblement mes affaires.

Non pas qu'elle ne lui fasse pas la même chose.

La bouche de Tessa s'ouvre d'horreur.

— Bien sûr que non !

Je trouve ça dingue qu'elle ne voie rien d'anormal à ce que son copain ne veuille pas rester avec elle.

— Excuse-moi, mais il y a quelque chose qui cloche. À sa place, je serais absolument incapable de rester loin de toi. Je te baiserais à la moindre occasion.

C'est vrai. Je la réveillerais chaque matin, mon visage enfoui entre ses cuisses. Je la mettrais au lit tous les soirs en lui faisant perdre la tête et crier mon nom.

Le rouge lui monte aux joues et elle détourne le regard. J'adore la manière dont mes mots la choquent. L'obscurité est en train de me donner mal au crâne. Les arbres bougent beaucoup. Leurs troncs se tordent dans des mouvements bizarres. J'ai envie de rentrer dans ma chambre, seul avec elle. Surtout après la nuit que j'ai eue.

Je me tourne vers Tessa et ne peux décrocher mon regard de ses lèvres entrouvertes.

— On rentre ? Les arbres se balancent dans tous les sens. Ça doit être le signe que j'ai beaucoup trop bu.

Le regard de Tessa se dirige vers la maison, puis vers moi de nouveau.

— Tu dors ici ?

Je secoue la tête et attrape sa main. Elle reste ici, elle aussi. Je ne peux toujours pas croire que je vais passer la nuit dans la maison de Ken après toutes les merdes que ce mec m'a fait subir.

— Ouais, et toi aussi d'ailleurs. Allons-y.

Je la prends par la main avant qu'elle n'ait le temps de changer d'avis.

Quand nous entrons dans la maison, elle tente de dégager sa main de la mienne en marchant plus vite que moi. J'accélère le pas en passant dans la cuisine.

Il reste toujours un peu de bazar sur le sol. Un tas de morceaux de porcelaine brisée déborde maintenant de la poubelle et les éclats de verre ont été balayés. Landon peut bien nettoyer ce bordel. C'est lui qui va vivre avec mon connard de père, après tout. La vérité, c'est qu'il vit déjà avec. D'autres personnes ou d'autres choses m'ont remplacé auprès de Ken Scott. Le scotch, les bars, Karen, Landon et cette grande maison. Il s'éparpille tellement. Pourtant, il n'a jamais laissé de place pour moi dans sa vie, jusqu'à l'année dernière. Et il s'imagine que je vais aller mieux avec toute cette merde ? Putain, non.

Je resserre ma main autour de celle de Tessa tandis que nous traversons la maison et montons les escaliers. Putain, il y a trop de portes ici. Il ne faudrait pas que nous entrions dans la chambre de Landon par erreur et le trouvions en train de se branler.

Nous atteignons finalement la dernière porte au bout du couloir. Pendant tout ce temps, Tessa est restée silencieuse, et ça me va. Je n'ai pas envie de lui mettre trop la pression, j'essaie juste d'arrêter de penser à mon donneur de sperme, ce gros naze.

La chambre derrière la porte est plongée dans l'obscurité. Je tâtonne pour trouver l'interrupteur. Tessa chuchote dans le noir :

— Hardin ?

Le rideau, légèrement ouvert, laisse pénétrer un rayon de lune. Je relâche la main de Tessa et m'avance un peu plus. Impossible de mettre la main sur ce foutu interrupteur. Je continue de passer ma main contre le mur lisse, mais je ne trouve rien.

C'est quoi ce bordel ?

De l'autre côté de la chambre, j'aperçois les contours d'une table, et d'une lampe peut-être. Je m'avance donc aveuglément vers elle. Le bout de ma chaussure cogne contre quelque chose de dur et je tombe presque par terre.

— Putain !

Si ça se trouve, cette chambre n'a même pas de putain de lumière. Comme si Ken et Karen avaient juste envie de se foutre de ma gueule.

Puis j'atteins la table, et mes doigts sentent un abat-jour.

— Bingo !

Je trouve l'interrupteur et préviens Tessa :

— Je suis là.

L'ampoule fait un petit déclic, et la lumière, étonnamment forte pour une si petite lampe, m'aveugle. Je cligne des yeux plusieurs fois et balaie la chambre du regard. Ma chambre.

Ma chambre que je n'ai jamais utilisée. Jamais.

Le lit me fait penser à ceux des hôtels de mauvais goût. Les murs sont peints en gris clair, avec des plinthes blanches le long du plancher. Les rayures du tapis sont presque effacées. Appuyé contre le mur du fond, le lit est ridiculement grand avec une montagne de coussins décoratifs empilés à la tête de lit en luxueux bois de merisier. Le seul intérêt que pourrait avoir ce lit d'être aussi immense, ce serait que Tessa y soit allongée nue, sur la couette gris foncé. Malheureusement pour moi, elle ne l'est pas. Elle se tient debout contre le bureau du même style que le lit, sur lequel trône un Mac tout neuf. Enculés de flambeurs.

Je passe ma main derrière ma nuque.

— C'est ma… chambre.

Je ne sais pas quoi dire d'autre.

Tessa mordille sa lèvre inférieure et me demande :

— Tu as une chambre ici ?

Cette chambre ne me ressemble pas, pas le moins du monde. Mais techniquement, c'est bien ma chambre. Ken m'a dit plusieurs fois, qu'elle était pour moi, rien que pour moi. Comme si j'étais censé être impressionné par le lit à baldaquin ou par l'écran d'ordinateur géant. Je bafouille, mal à l'aise :

— Ouais... en réalité, je n'y ai encore jamais dormi... jusqu'à ce soir.

J'espère qu'elle ne cherchera pas à en savoir plus, mais je sais déjà qu'elle le fera.

Un coffre assez volumineux se trouve au pied du lit. Je suppose qu'il n'a qu'une seule fonction : contenir la multitude de coussins. Je lui trouve une autre utilité en m'asseyant dessus pour retirer mes boots. Tessa m'observe. Elle est probablement déjà en train de compiler une liste de questions à me poser, comme la petite chose curieuse qu'elle est.

J'enlève mes chaussettes et les enfonce dans mes chaussures. J'ai quelques petites entailles sur la cheville. Des éclats de verre ont dû atterrir dans ma chaussure. Génial, putain.

Tessa doit avoir terminé sa liste puisqu'elle s'approche de moi et demande :

— Ah ! Comment ça se fait ?

Je prends une grande inspiration et décide de lui répondre franchement au lieu de raconter des conneries.

— Parce que je ne veux pas. Je déteste cette maison.

C'est la vérité. Je déteste vraiment cet endroit. Je déteste que mon lit dans la maison de ma mère en Angleterre possède un matelas taché, et la même couette et les mêmes draps depuis mon enfance.

Tandis que Tessa intègre mes réponses franches et élabore sa prochaine question, je déboutonne mon pantalon et le fais glisser le long de mes jambes. Les yeux de Tessa, dans le vague jusque-là, s'écarquillent tout à coup, immédiatement alertés de me voir debout en boxer devant elle.

— Qu'est-ce que tu fais ?

— Je me déshabille.

Je sais qu'elle aime poser des questions, mais pourquoi faut-il que la plupart d'entre elles soient aussi inutiles ?

— Je veux dire, pourquoi ?

Elle fixe mon entrejambe. Si elle pense être subtile en essayant de prétendre qu'elle n'est pas en train de penser à ma bite, là tout de suite, elle échoue lamentablement.

Mes yeux rencontrent les siens.

— Parce que je n'ai pas l'intention de dormir avec un jean serré et des boots.

Je repousse une mèche de mes cheveux tombée sur mon front.

— Oh !

J'attends qu'elle dise autre chose, mais elle ne le fait pas. J'observe ses yeux tandis que j'enlève mon t-shirt. Son regard se pose sur mon cou, puis sur mon ventre, parcourant chacun de mes tatouages noirs. Celui qu'elle fixe le plus longtemps, c'est mon arbre. Je me demande si elle aime cette partie de moi ou si elle la rebute. L'attention qu'elle me porte me rend nerveux. Je ne sais jamais quoi faire quand elle m'inspecte comme si elle faisait un état des lieux. Chaque centimètre de ma peau visé par son regard frissonne. Mais au lieu de la chaleur que j'ai pu y lire auparavant, j'y perçois une sorte d'air lointain et curieusement glacé.

Concentrée sur mon corps, Tessa me fixe toujours. Je la surprends en lui lançant mon t-shirt. Elle est tellement captivée qu'elle ne le rattrape pas assez vite. Je me demande ce qu'il faudrait faire pour qu'elle se mette nue et que je puisse observer son corps. Mes yeux posés sur elle scruteraient chaque centimètre, chaque imperfection qui pour moi n'en sont pas mais qui la fragilisent malgré tout.

J'aimerais savoir à quoi elle pense. J'aimerais la connaître davantage. Je me mets à imaginer ce qui se serait passé si je l'avais rencontrée d'une tout autre manière. Elle aurait pu être une voisine qui s'arrête chez moi pour m'emprunter des trucs et je l'aurais questionnée autant que j'aurais voulu. Je lui aurais demandé pourquoi elle pose toujours autant de questions et pourquoi elle fronce toujours les sourcils quand elle est désemparée ou en colère. Je lui aurais demandé ce qu'elle veut faire de sa vie. Je lui aurais demandé si elle peut être indulgente et m'accorder son pardon.

Mais nous sommes dans la réalité et, dans la réalité, je suis un étranger pour elle. Elle ne sait pratiquement rien de moi. Si elle savait ne serait-ce que la moitié des conneries que j'ai faites, elle ne serait plus aussi intriguée. Mes tatouages, ou du moins son intérêt pour eux, disparaîtraient. Son attitude sarcastique face à mon comportement deviendrait haineuse. Je dois y faire attention, parce que si mon mystère disparaît, elle disparaîtra, elle aussi.

Putain, tout ça me fait tourner la tête. L'effervescence dans laquelle je me trouvais est en train de se dissiper, et mon crâne est sur le point d'éclater. J'ai besoin de faire évoluer cette situation très rapidement.

— Tu peux le mettre pour dormir. Je suppose que tu ne veux pas dormir en sous-vêtements. Encore que, moi, je n'aie rien contre.

— Je peux dormir tout habillée.

Mais son ton est tout sauf convaincant. Elle n'a pas envie de dormir avec sa jupe encombrante et son chemisier ample. J'aime assez son chemisier ; la couleur bleu ciel s'accorde bien avec ses yeux. Je n'ai jamais eu de pensée de ce genre avant... *Il s'accorde bien avec ses yeux ?* Ça veut dire quoi au juste ?

Cette fille me détraque encore plus que le scotch ingurgité ce soir.

— Comme tu voudras. Si tu n'as pas envie d'être à l'aise, ça te regarde.

Je m'avance vers le lit, attrape le premier coussin que je trouve et le balance sur le sol.

Tessa semble offusquée. Ou peut-être l'est-elle parce que je suis à moitié nu. Je ne sais pas. Elle se dirige vers le pied du lit et ouvre l'horrible coffre.

— Hé, ne les jette pas par terre, ils se rangent là.

Comme si je ne le savais pas ! Elle s'imagine que je n'ai jamais vu ce genre de coussins avant ? Ou que, sous prétexte que j'ai été élevé seulement par ma mère, je ne sais pas comment ranger des piles de trucs en coton hors de prix dans un coffre ?

Non, Hardin, elle veut simplement aider... J'essaie de négocier avec moi-même. Mon esprit s'emballe toujours vers la pire des interprétations possibles, et je déteste ça, putain. Mes doutes me rongent vivant. J'en attrape un autre, encore plus ridicule, et le balance sur le tapis. Elle grogne et râle tout en se penchant pour le ramasser.

Alors que Tessa joue les femmes de ménage, j'agrippe la couette et grimpe sur le lit. Personne n'y a jamais dormi avant, je le sens. C'est comme si je m'allongeais dans des nuages. C'est même encore mieux qu'à l'hôtel. Je vois Tessa m'observer au moment où je passe mes mains derrière la tête. Elle passe son temps à me regarder. Je passe mon temps à la regarder.

Je croise les jambes pendant qu'elle enfonce le dernier coussin dans le coffre avant de le refermer. Maniaque qu'elle est.

Va-t-elle rester debout toute la nuit ? Je préférerais qu'elle se débarrasse de ses vêtements encombrants et me rejoigne dans le lit.

— Tu ne vas pas râler parce que tu dois dormir dans le même lit que moi, si ?

— Non, il est assez grand pour nous deux.

Son sourire ne dévoile aucun trouble, mais elle est trahie par ses mains tremblantes qui triturent la peau autour de ses ongles. Elle est d'humeur taquine à présent. J'adore ça.

— Voilà, ça c'est la Tessa que j'aime.

Je plaisante mais remarque que ses yeux s'agrandissent légèrement. Je balaie la question du pourquoi loin de mon esprit. Pas aujourd'hui – je ne vais pas m'accrocher à cette pensée aujourd'hui.

Tessa monte maladroitement sur le lit après s'être débarrassée de ses chaussures. Elle reste complètement habillée et s'installe sur le bord du grand lit, le plus loin possible de moi. Elle s'allonge. J'ai envie de me rapprocher d'elle, mais j'ai peur qu'elle soit effrayée et tombe du lit. Je rigole en l'imaginant par terre. Elle se tourne vers moi.

— Qu'est-ce qu'il y a de si drôle ?

Elle fait encore ce truc avec ses sourcils. Elle est adorable, putain.

— Rien.

Je mens. Je ne pense pas que lui dire que je l'imaginais faire une chute arrangerait mon cas ce soir. Pourtant, je ne peux me retenir de rire en la voyant faire la moue.

— Si, dis-moi !

Elle lève les yeux une seconde, puis avance volontairement sa lèvre inférieure. Malgré sa moue boudeuse, ou peut-être à cause de ça, j'ai une envie folle de baiser ses lèvres. J'ai hâte de les sentir descendre lentement le long de ma queue. Je pense à sa tête en train de monter et descendre sur moi et coince mon piercing entre mes dents. Le métal est froid sur ma langue bouillante.

Je me tourne sur le côté pour lui faire face.

— Tu n'as jamais dormi dans le même lit qu'un mec, hein ?

Soit dit en passant, moi non plus je n'ai jamais dormi avec une fille dans un lit. Ce n'était pas mon truc. Je ne sais pas si ça l'est maintenant, mais jusque-là, ça me plaît.

Je suis soulagé quand elle répond :

— Non.

Je souris pour lui montrer l'effet que ça me fait d'être le premier mec avec qui elle va dormir. J'adore savoir qu'il lui reste tant de choses à découvrir. D'un autre côté, il me reste tant de choses à lui montrer, aussi.

Tessa est face à moi, allongée à quelques centimètres seulement de moi. Elle porte toujours ses vêtements encombrants, et ça me rend dingue. Puis elle tend la main vers moi et pose son doigt sur la fossette de ma joue droite. C'est une chose tellement simple, et pourtant si affectueuse. Personne, pas même ma mère, ne m'a touché le visage ces dix dernières années. Il m'arrive parfois d'embrasser des filles pendant les relations sexuelles, mais je ne laisse pas leurs doigts s'attarder sur mon corps.

Je lui jette un regard et la sens en panique. Elle retire sa main, mais je la saisis de nouveau et la repose sur ma joue. C'est tellement agréable de la sentir me toucher. Ses caresses sont si douces. Je veux qu'elle me touche partout. Je la taquine :

— Je ne sais pas pourquoi personne ne t'a jamais baisée. J'imagine que ton self-control doit vraiment t'aider à résister.

Il y a forcément une raison pour qu'elle soit aussi peu expérimentée. C'est juste surréaliste qu'elle n'ait absolument aucune expérience sans bonne raison apparente.

— Je n'ai jamais vraiment *eu besoin de* résister.

Je ne crois pas ses mots, mais je crois ses yeux. Pourtant, c'est tellement difficile de faire confiance.

— Soit tu mens, soit tu étais dans un lycée pour aveugles.

Je regarde sa belle bouche.

— Je bande rien qu'à regarder tes lèvres.

C'est la vérité. Elle n'a qu'à descendre ses mains pour en avoir la preuve. Je suis à deux doigts de le lui dire, mais je ne veux pas gâcher ce moment.

Tessa pousse un petit cri étouffé en entendant mes mots crus, et ça me plaît. Je rigole et réfléchis à toutes les manières de la rendre complètement folle de désir. C'est comme conduire une voiture toute neuve, cette excitation quand tu entends le faible ronronnement de l'engin pour la première fois. Je veux la faire ronronner. J'aimerais la faire *hurler,* si Landon n'était pas là. Je veux y aller doucement cette nuit. Mais je vais quand même lui montrer que ce que je lui ai fait au ruisseau, ce n'était que l'un de mes nombreux talents.

Je passe ma langue sur mes lèvres, prends la main de Tessa dans la mienne et la porte à ma bouche. Sa respiration s'intensifie quand je fais passer sa main sur mes lèvres humides. Ses mains tremblent quand je mordille doucement son index entre mes dents. Elle gémit instinctivement, et ma queue se contracte dans mon boxer. Les mains de Tessa sont chaudes quand je les promène le long de mon cou. C'est tellement bon d'être touché. L'intensité est telle qu'elle trouble mes sens. Les effets de l'alcool se sont pratiquement dissipés, et maintenant je suis complètement à la merci de cette blonde bornée et sexy. Tessa retire sa main, et je laisse tomber la mienne sur mon genou. La seule chose sur laquelle j'arrive à me concentrer, c'est cette empreinte douce et fraîche de sa main sur ma peau.

Après quelques secondes de silence, je prends la parole. Je suis curieux et excité, et je vais prendre du bon temps avec elle. Je reprends sa main dans la mienne.

— Tu aimes quand je te parle comme ça, avoue.

Je la fixe jusqu'à ce que sa poitrine commence à se gonfler et se dégonfler de plus en plus vite. Elle détourne les yeux et je poursuis :

— Je vois bien que tu rougis et j'entends le changement de rythme de ta respiration. Réponds-moi, Tessa, sers-toi de ces lèvres pulpeuses.

J'aimerais qu'elle s'en serve pour bien d'autres choses. Elle reste silencieuse. Ben dis donc, moi qui pensais être têtu. Je réduis encore l'espace entre nous et enroule mes doigts autour de son poignet. La peau de Tessa vire au rose et elle semble troublée. Elle est accro.

Alors que je m'attends à ce qu'elle m'avoue son attirance, elle me dit :

— Tu peux mettre le ventilateur ?

Sérieux, Theresa ? Elle me prend pour un pigeon ? Elle pense que je vais sortir comme ça de ce lit confortable où elle est allongée si près de moi ? Je regarde son visage, ses yeux gris.

— S'il te plaît…

Elle chuchote tout en continuant de me fixer.

Avant même de réaliser ce que je suis en train de faire, je sors du lit. Putain, elle est douée.

Elle affiche un petit air satisfait quand je retourne dans le lit. Ses vêtements encombrants semblent aussi terriblement inconfortables. Sa jupe est en laine, une matière aussi chaude qu'une couverture.

— Si tu as trop chaud, pourquoi gardes-tu ces vêtements épais ?

Tessa me fait un sourire et lève les yeux au ciel.

Je suis sérieux, pourtant… elle s'habille horriblement mal.

— Tu devrais choisir des vêtements qui mettent ton corps en valeur, Tessa. Les vêtements que tu portes dissimulent toutes tes formes.

Je jette un œil à ce que je peux voir de sa poitrine, autant dire rien.

— Si je ne t'avais pas vue en soutien-gorge et petite culotte, je n'aurais jamais deviné à quel point ton corps est sexy. Ta jupe est un vrai sac à patates.

Elle rigole. Ça passe mieux que je ne l'aurais imaginé.

— Et que suggères-tu ? Je devrais porter des bustiers en résille ?

Elle hausse un sourcil et attend ma réponse.

L'image de Tessa dans un bustier et un minishort en jean clignote dans mon esprit.

— Non. Enfin, je ne dis pas que ça ne me plairait pas, mais non. Tu devrais juste t'habiller avec des vêtements à ta taille. Cette chemise dissimule ta poitrine, bien sûr, mais tes nichons ne méritent pas que tu les caches.

— Tu vas arrêter d'utiliser ce langage ?

Elle secoue la tête, et je rigole en revenant dans le lit. Je ne sais pas jusqu'à quel point je peux m'allonger près d'elle. Je me rapproche donc doucement jusqu'à la frôler. Elle se redresse pour sortir du lit. Ma poitrine se serre. J'espère ne pas l'avoir trop énervée, elle est capable de partir.

— Où tu vas ?

Tessa traverse la chambre à petits pas.

— Me changer.

Elle ramasse mon t-shirt sur le sol. Je souris, content qu'elle aime le porter autant que j'aime le voir sur elle.

— Tourne-toi et ne t'avise pas de regarder en douce. Comme si j'étais un gosse ! Elle sait pertinemment que je vais la regarder.

— Non.

— Ça veut dire quoi, « non » ?

Je lui réponds franchement.

— Non, je ne me retournerai pas. Je veux te voir.

Elle acquiesce puis éteint la lumière. Elle m'a eu. Quelle petite joueuse ! Je râle, mais j'aime cette petite partie de séduction qu'elle est en train de jouer. Je ronchonne suffisamment pour lui faire comprendre que je ne vais pas être fair-play si elle ne l'est pas. J'entends quelque chose de lourd tomber sur le sol – la jupe. Je rallume la lampe, et Tessa sursaute. Elle hurle mon nom comme si c'était un gros mot.

— Hardin !

Je la fixe et balade mon regard de ses jambes à ses yeux, puis redescends de nouveau. Elle prend une profonde inspiration et lève les bras pour enlever son chemisier. Le soutien-gorge de Tessa est en coton blanc tout simple avec très peu de rembourrage. Non pas qu'elle en ait besoin. Sa culotte est assortie; sa forme recouvre pratiquement tout son cul. Et son cul est parfait. Rond et excitant… J'adorerais la prendre de ce côté-là, aussi. Je lui dis dans un murmure :

— Viens.

Je ne peux pas attendre une seconde de plus avant de toucher son corps. Tessa s'avance vers le lit et j'ai l'impression d'assister à une revue. Putain, j'aime ça. J'ai besoin de mieux la voir. Je me redresse et m'adosse contre la tête de lit. Tessa rougit sous mon regard incandescent, et cela ne fait qu'accentuer mon plaisir.

Elle me rejoint, puis pose sa petite main dans la mienne. Je l'attire vers moi. Elle me chevauche, un genou de chaque côté. J'adore quand elle se met comme ça. Mon imagination s'emballe complètement. Tessa reste en équilibre pour que nos corps ne se touchent pas. *Je ne le crois pas.* Je pose délicatement mes mains sur ses hanches et l'attire contre moi. Elle se mordille la lèvre, et son regard rencontre le mien. Je détourne les yeux en premier, car je peux parfaitement sentir ma queue se durcir. Les jambes de Tessa sont douces et la manière dont mon t-shirt est relevé sur ses hanches si sexy.

Je lui souris pour lui montrer à quel point elle est belle et comme j'aime la sentir contre moi.

— C'est beaucoup mieux comme ça.

J'attends qu'elle me renvoie mon sourire, mais elle n'en fait rien.

— Qu'est-ce qui ne va pas ?

Je pose gentiment ma main sur sa joue, elle ferme les yeux et esquisse un sourire. Je me demande si cela rompt les règles du pari. Je crois que je suis bien au-delà maintenant.

— Rien… C'est juste que je ne sais pas ce que je dois faire.

En la voyant garder les yeux baissés, je sais qu'elle se sent gênée.

Je ne veux pas qu'elle ressente autant de pression. Qu'importe la manière dont elle me touche, je vais apprécier. Je ne sais pas comment lui expliquer autrement qu'en lui montrant.

— Fais ce dont tu as envie, Tess. Arrête de réfléchir.

Tessa abaisse ses mains et s'apprête à me toucher le torse. Comme elle ne le fait pas, je lève les yeux vers elle. Du regard, elle me demande la permission de me toucher. Personne ne m'a jamais fait ça avant non plus. J'acquiesce, nerveux, mais excité à la fois. Son index effleure doucement mon ventre jusqu'à mon boxer. J'essaie de rester immobile même si j'ai envie de l'agripper par la taille, de la retourner et de la baiser là, sur le matelas. Je ferme les yeux et sens ses doigts suivre le contour de mes tatouages. J'aime quand elle fait ça.

Elle retire sa main et j'ouvre les yeux. J'ai besoin de plus. Je suis complètement accro.

— Est-ce que je peux... euh... te caresser ?

Hésitante, Tessa regarde fixement le renflement dans mon boxer.

Putain oui ! J'ai envie de lui crier. Au lieu de ça, j'essaie de me contenir autant que possible. J'acquiesce en hochant la tête.

— Bien sûr.

Tessa semble nerveuse lorsque sa main atteint mon entrejambe. Ses doigts effleurent mon renflement grandissant avant de le caresser légèrement. Elle descend sa main encore plus bas tout en continuant de le toucher. Ses doigts bougent doucement de haut en bas le long de ma queue qui gonfle de plus en plus.

— Tu veux que je te montre comment faire ?

Je veux qu'elle se sente à l'aise.

Tessa accepte, et je prends sa main dans la mienne. Mes mains sont tellement plus grandes que les siennes que ses doigts arrivent à peine à mes jointures. Je guide nos deux mains le long de mon corps et m'arrête à hauteur de mon boxer. Je l'aide à entourer mon membre de sa main. Là, ça y est. Quand elle comprend qu'elle a le contrôle absolu, son regard devient coquin alors que son visage continue de jouer les innocentes. Ses pupilles sont complètement dilatées, ses lèvres entrouvertes et ses joues roses.

— Putain, Tessa. Ne fais pas ça.

Je vais exploser si elle affiche de nouveau cette expression.

Tessa me prend au mot et immobilise sa main. Merde, j'ai oublié à quel point elle pouvait tout prendre au pied de la lettre.

— Non, non, pas ça. Continue à faire ça. Je veux dire, ne me regarde pas comme tu le fais.

Tessa bat des cils d'une manière si candide.

— Comment ?

— Avec cet air innocent. Ce regard me donne envie de te faire plein de choses cochonnes.

Tellement, tellement de choses, Theresa.

Elle est nerveuse en bougeant sa main. Sa prise n'est pas aussi serrée qu'elle pourrait l'être, mais je ne veux pas lui en faire la remarque. Elle apprendra par elle-même et elle peut compter sur moi pour l'aider à s'améliorer. Elle se mordille la lèvre tandis que sa lente caresse me fait gémir son nom dans un souffle. S'il ne me restait plus qu'une seule chose à vivre, j'aimerais que ce soit ce moment.

— Putain, Tess, c'est tellement bon, ta main sur moi.

Mes mots l'encouragent, mais peut-être un peu trop. Elle resserre davantage son étreinte, trop.

— Pas si fort, Bébé.

Je la guide doucement, en faisant attention à ne pas l'embarrasser.

Elle m'embrasse et continue sa lente caresse.

— Désolée.

Elle chuchote dans mon cou tout en faisant glisser sa langue jusque sous mon oreille. *Putainnnn,* c'est tellement bon. J'ai besoin de la toucher, je ne vais pas tenir longtemps.

Mes mains trouvent sa poitrine, mais son soutien-gorge se dresse comme un mur entre son corps et le mien.

— Est-ce que je peux… enlever… ton… soutien-gorge ?

Je veux sentir son corps sexy. Sous mon t-shirt, je caresse ses seins parfaits : ronds et pleins. Tessa se laisse faire, le souffle coupé. Mes mains tremblent lorsque je dégrafe rapidement l'attache et libère sa poitrine. Je le balance par terre, remets mes mains sous son t-shirt et l'embrasse. Je pince légèrement ses tétons tout durs, et elle gémit sous mes baisers. J'aime sa façon de m'embrasser, doucement mais passionnément. Elle enroule sa petite main autour de mon membre et bouge sa main de haut en bas, encore et encore. Tessa me donne du plaisir, dans mon lit, nue sous mes vêtements.

— Oh Tessa, je vais jouir.

Je perds tout contrôle. Tessa est devenu experte à tirer des sensations de moi comme les ficelles d'une marionnette. Je suis en feu en même temps que dans un océan de glace. Je ne peux m'empêcher de crier son nom. Je concentre mon attention sur ses baisers et caresse sa douce langue avec la mienne. Mes mains sont toujours sur ses seins. Ses gémissements me font comprendre qu'elle adore ça. Alors que j'atteins le point culminant, mes mains retombent sur les côtés. La chaleur de mon éjaculation qui se répand dans mon boxer ressemble au soulagement de laisser exploser un feu d'artifice.

Quand l'excitation commence à retomber, je pose ma tête en arrière et ferme les yeux. Tessa reste assise sur mes cuisses. Je suis content. Malgré les croyances populaires, je suis mort mais suis allé au paradis, j'en suis sûr. Je sens Tessa devenir anxieuse. Je rouvre les yeux et la regarde. Moi aussi je suis un peu stressé. Je ne suis pas certain de bien interpréter ses petites manies. Elle me sourit et ça m'apaise. Je lui rends son sourire et me penche en avant pour l'embrasser sur le front. Elle soupire, et j'aime le petit bruit que ça fait.

— Je n'ai jamais pris un pied comme ça.

J'aime qu'elle me fasse vivre de nouvelles expériences et j'ai envie de le lui dire.

— J'ai été si mauvaise que ça ?

Elle semble horrifiée de cette conclusion hâtive.

— Quoi ? Non, tu as été très bonne au contraire. D'habitude il me faut plus qu'une caresse sur mon boxer.

Le regard dans le vague, elle ne répond rien. Quelque chose vient de se refermer. J'essaie de me refaire les trente dernières secondes dans ma tête pour voir ce qui a pu l'offenser. Je ne pense pas l'avoir fait. Je décide de lui demander :

— À quoi penses-tu ?

Pas de réponse. Elle me reproche de ne pas être assez communicatif, mais elle se comporte de la même façon avec moi.

— Allez, Tessa, dis-moi.

Elle ne se livre pas mais attend de moi que je lui donne des explications approfondies en permanence. Alors, je décide de la chatouiller. Une vieille série que je regardais enfant m'a appris que les chatouilles sont un bon moyen de faire parler les femmes, tout en restant dans la séduction. Et c'est exactement ce dont j'ai besoin maintenant.

— Ok… Ok ! Je vais te le dire !

Ses jambes galopent dans l'air comme celles d'un cheval. On dirait une folle avec son visage crispé, toutes dents dehors. Elle me donne des coups pour que j'arrête de la chatouiller. Mon ventre se tord de rire.

— Tu fais le bon choix.

Alors que je prononce ces mots, je sens l'humidité dans mon boxer.

— Mais attends une seconde, je dois prendre une douche rapide et changer de boxer.

Je n'ai pas pris de vêtements de rechange avec moi et n'ai que quelques t-shirts dans le coffre de ma voiture. Je me lève et parcours la pièce du regard à la recherche d'une solution. La commode est pleine de vêtements ; c'est Karen qui me l'a dit. J'ai refusé cette idée – c'est flippant, vraiment, qu'elle ait rempli le tiroir de vêtements pour quelqu'un qui ne veut rien avoir à faire avec elle.

Rien à foutre. Je n'ai pas d'autre option, et Karen n'est pas si nulle que ça. J'ai réduit sa salle à manger en miettes ; je suppose que je peux lui faire plaisir en portant ses dons de bienfaisance. Je prie en ouvrant le tiroir, mais tout espoir m'abandonne quand mes yeux se posent sur une montagne de caleçons à carreaux. Bleu et blanc, rouge et blanc, vert et rouge, rouge et bleu, blanc et vert. Ça n'en finit plus. J'ai envie de refermer violemment le tiroir, mais je n'ai pas le choix. J'attrape le moins criard, un bleu et blanc, et le tiens du bout des doigts comme s'il était contaminé.

— Qu'est-ce qu'il y a ?

Tessa se redresse, prend appui sur son coude et me regarde. Je la fais rire, elle s'amuse comme une folle. Je peux le voir dans ses yeux. Chaque minute passée avec elle m'amène à la connaître mieux.

— Il est affreux.

À carreaux. En coton. Taille XL. Qui achète ce genre de truc ?

— Il n'est pas si mal.

Je sens le mensonge. J'agite le monstrueux truc bleu et blanc à carreaux dans les airs tout en secouant la tête.

— Enfin, quand on n'a pas le choix… Je reviens dans une minute.

J'attrape l'horrible caleçon et sors de la chambre sans me retourner. Sur le chemin de la salle de bains, je passe devant la chambre de Landon. Je colle mon oreille contre la porte. Je ne suis pas surpris d'entendre un personnage de film dire quelque chose à propos des elfes. Je frappe doucement à la porte pour être sûr que Tessa ne m'entende pas. J'attends qu'il me réponde, mais il est tard. Il s'est probablement endormi devant *Twilight*.

Je frappe de nouveau, et la porte s'ouvre. Au début, son visage est détendu, jusqu'à ce qu'il réalise que c'est moi. Je m'avance vers lui, mais il dresse ses poings serrés devant lui, sur la défensive.

— Je ne suis pas là pour foutre la merde.

Quel connard de penser que je viens pour ça.

Je vois qu'il ne me croit pas – pas un seul instant.

— Dans ce cas, qu'est-ce que tu veux ?

— Je peux entrer ?

Je jette un œil à l'intérieur de la pièce sombre et remarque la taille de la télévision sur le mur. Elle fait au moins 1,50 mètre de largeur. Évidemment. Sur un autre mur, des maillots signés par des joueurs sont accrochés dans des cadres dorés, probablement fabriqués par la gentille dame de la boutique. Elle les a sûrement assemblés avec sa propre sueur, juste pour Landon. Ce mec semble obtenir tout ce qu'il veut. Il fait seulement cinq centimètres de moins que moi mais il est bien plus musclé. Alors que je suis grand et mince, il est plus petit et athlétique. On dirait presque une version plus jeune et plus intello de David Beckham. Il porte un t-shirt WCU et un pantalon de flanelle. Son cas est vraiment désespéré.

Il me regarde de haut en bas et hausse un sourcil en voyant le caleçon. Je lui dis sèchement :

— Va te faire foutre – c'est ta mère qui les a achetés.

Il porte sa main devant sa bouche pour feindre qu'il n'est pas en train de rire.

— Je sais, c'est pour ça que c'est drôle.

Il se fout de moi, et ça me rappelle à quel point il est insupportable.

— Laisse tomber.

Je passe devant lui pour me diriger vers la salle de bains. J'aurais dû savoir qu'il réagirait comme ça avant d'essayer de lui parler.

Il lève ses mains devant lui.

— Attends, excuse-moi. Je trouvais juste ça drôle parce que ma mère continue de m'acheter les mêmes, bien que je persiste à lui dire qu'ils sont horribles.

Je ne rigole pas, mais j'avoue que l'idée *est* assez drôle.

— Je voulais te parler de Tessa.

Il me regarde d'un air méfiant. Je l'observe se redresser et pincer les lèvres.

— Oui, et alors ?

Je dégage une mèche de cheveux de mon visage.

— Je voulais m'assurer que tu saches qu'elle est…

Il lève de nouveau les mains, cette fois pour me couper la parole.

— Tessa sait ce qu'elle fait ; elle n'a pas besoin que j'intervienne comme si elle ne pouvait pas se prendre en charge.

Sa voix est grave, mais sans aucune malveillance.

Je ne sais pas quoi répondre à ça. Je pensais qu'il réagirait comme un enfoiré, en ami protecteur qui lui dirait de rester le plus loin possible de moi. Je reste hésitant dans le couloir.

— Bon... Je vais aller me coucher maintenant.

Avant qu'il referme la porte, je perçois un sourire sur son visage. Bon, c'est bizarre – mais mieux que ce que j'avais imaginé.

Après ma douche, je retourne dans la chambre et trouve Tessa dans le lit, pelotonnée comme un chaton. Ses yeux se posent directement sur le caleçon que je porte. Cette chose hideuse.

— Il me plaît.

Elle ment. Ce truc est épouvantable, putain. On ne peut même pas deviner la taille de mon membre. Je la fusille du regard, puis éteins la lumière et attrape la télécommande. Je suis surpris que le fantaisiste Monsieur Scott n'ait pas installé une foutue télévision holographique à cet endroit. Je mets une chaîne au hasard, histoire d'avoir un bruit de fond, et règle le volume au plus bas. Je monte dans le lit, m'allonge près de Tessa et la regarde.

— Alors, qu'allais-tu me dire ?

Elle coince sa lèvre entre ses dents.

— Ne fais pas la timide, tu viens juste de me faire prendre mon pied, je te rappelle.

Je rigole devant l'ironie de son embarras. J'enroule mon bras autour d'elle et l'attire plus près de moi.

J'attends que Tessa termine de faire son cinéma. J'adore sa manière d'être insouciante parfois. J'ai l'impression de faire ressortir cet aspect-là chez elle, et j'en suis fier. Quand ma petite tragédienne retrouve son état normal, ses cheveux sont tout emmêlés. Des mèches ondulées retombent devant son visage. Sans même réfléchir, je caresse ses cheveux et repousse une mèche derrière son oreille. Elle porte de minuscules petites boucles d'oreilles.

Ça me rappelle une phase par laquelle je suis passé avec mon ami Mark où nous voulions percer nos lobes d'oreille. Les siens ont fini par être infectés. C'était dégoûtant et ça sentait atrocement mauvais. Il faut que je pense à autre chose.

J'embrasse doucement ses lèvres et reporte toute mon attention sur elle.

— Est-ce que tu es encore soûl ?

Voilà. Encore un exemple de sa nature curieuse et pressante.

— Non, je pense que notre petit concours de hurlements dans le jardin m'a dessoûlé.

— Au moins, ça aura servi à quelque chose !

Je ne sais pas quoi faire de mon bras. Je devrais le poser dans son dos ? Je ne suis pas sûr. Je me tourne vers elle pour l'effleurer.

— Ouais, on peut dire ça.

J'étends mon bras et me concentre sur la manière dont sa tête repose sur ma poitrine. Elle bouge à chacune de mes respirations, comme si elle s'était déjà habituée à cette position. Ça me plaît.

Elle sourit. Un vrai sourire éclatant, rien que pour moi.

— Je crois que je préfère le Hardin qui a trop bu.

Le Hardin qui a trop bu…

Je peux presque entendre la voix de ma mère qui hurle à travers notre petite maison : « *Tu n'es qu'un alcoolique, Ken !* »

J'écarte ces souvenirs qui menacent de rompre et ruiner ce moment avec elle.

Elle disait sûrement ça pour rire, de toute manière. Il faut que j'apprenne à réfléchir avant de parler. Passer du temps avec Tessa est un très bon entraînement.

— Vraiment ?

— Ça se pourrait.

Si elle s'imagine que son impertinence va me faire oublier que j'attends toujours une réponse de sa part, elle se trompe complètement.

Je ramène donc la conversation sur le tapis et lui dis :

— Tu n'es pas très douée pour faire diversion. Maintenant, dis-le-moi.

— Je pensais seulement à toutes les filles avec qui tu as… tu sais… fait des choses.

Dès qu'elle termine sa phrase, elle tente de cacher son visage contre ma poitrine.

C'est à ça qu'elle pense maintenant ? La seule chose à laquelle je pense, moi, c'est à quel point j'adore la manière dont ses cheveux soyeux chatouillent mon nez et qu'elle sent la vanille comme si elle s'était plongée dans un flacon de parfum avant d'arriver.

— Pourquoi tu penses à ça ?

Elle soupire, comme si je devais comprendre de quoi elle parle. Je n'en ai aucune idée.

— Je ne sais pas... parce que je n'ai absolument aucune expérience contrairement à toi qui en as beaucoup. Dont Steph fait partie.

L'aigreur dans sa voix est plus qu'évidente. J'imagine que je réagirais pareil si elle avait baisé avec Zed. Cette pensée est furtive mais tranchante, plus que je m'y attendais.

Je chasse cette idée de ma tête. Zed n'a pas sa place dans ce lit avec elle. J'aimerais qu'il puisse voir comment elle me regarde, désireuse d'attirer mon attention.

Je n'arrive pas à savoir si elle est contrariée, jalouse ou juste curieuse. Parfois, j'arrive à lire en elle comme dans un livre ouvert, mais à d'autres moments le livre est fermé.

Puisque je n'arrive pas à savoir, je décide de simplement lui demander.

— Tu es jalouse, Tess ?

J'espère vraiment qu'elle l'est.

— Non, bien sûr que non.

Elle ment comme un arracheur de dents.

Je vais m'amuser un peu avec elle. On dirait que c'est ce qu'elle souhaite. Son corps est chaud contre le mien. Jamais je ne suis resté allongé comme ça, dans un lit, à serrer une fille contre moi après avoir joui dans mon boxer. Jamais je ne me suis senti aussi connecté à quelqu'un pendant un acte sexuel. Jamais je n'ai ressenti ça avant. Et dormi avec quelqu'un dans un lit, encore moins.

— Alors, ça ne t'ennuie pas si je te donne des détails, hein ?

Elle s'empresse de crier :

— Non, ne fais pas ça, s'il te plaît !

Je resserre mon bras autour d'elle et rigole doucement. J'aime l'idée que ça puisse la déranger. Plutôt me percer les tympans que de l'entendre me parler de quelqu'un d'autre, putain. Je fixe le plafond et me demande si j'ai déjà imaginé à quoi ressembleraient mes nuits si je les passais avec quelqu'un d'autre dans mon lit. Peut-être bourré, mais sinon jamais. Tessa est silencieuse, trop silencieuse. Elle a dû s'endormir. J'attrape mon portable sur la table pour vérifier l'heure. Il est presque minuit. Je la provoque :

— Tu ne vas pas t'endormir au moins ? Il est encore tôt.

— Ah bon ?

La voix de Tessa est lourde de sommeil. Elle allait vraiment s'assoupir sur moi. Franchement, je pourrais dormir aussi, mais j'ai envie de passer plus de temps avec elle. Elle bâille, je lève les yeux au ciel.

J'aimerais lui mentir et lui dire qu'il est seulement dix heures.

— Ouais, il est à peine minuit.

Je parie qu'elle dort chaque nuit les huit heures recommandées par les médecins. Voilà pourquoi elle est toujours heureuse et en train de sourire.

— Ce n'est pas si tôt que ça.

Son bâillement est encore plus bruyant que le précédent.

Elle est facile à convaincre d'habitude, je vais donc voir ce que je peux tenter.

— Pour moi, si. Et puis j'ai envie de te renvoyer l'ascenseur.

Tessa se raidit dans mes bras. J'imagine déjà le rouge lui monter aux joues. Son esprit est sûrement en train de cogiter en pensant à ma langue chaude et humide qui glisse le long de sa chatte ou qui dessine de petits cercles autour de son clitoris. Je lui demande d'une voix grave.

— Tu as envie que je le fasse ? Je me trompe ?

Elle frissonne près de moi. C'est le signal. Elle lève les yeux vers moi et ses lèvres se fendent d'un sourire. J'enroule mon autre bras autour d'elle et nous fais basculer doucement de manière à ce que je me retrouve au-dessus d'elle. J'imagine sa bouche ouverte, en pleine extase, et ses doigts enfoncés dans mes cheveux. Je sens son goût sucré sur le bout de ma langue. En réalité, Tessa enroule une jambe autour de moi et me tire plus près d'elle. Mes doigts remontent de sa cheville jusqu'en haut de sa cuisse.

C'est tellement bon de la sentir sous moi. Son corps est si excitant. Je suis sûr qu'elle a été envoyée ici dans le seul but de me torturer et de tester mon self-control jusqu'à l'extrême. Puis une petite voix dans ma tête me signale que peut-être, juste peut-être, elle a été envoyée ici pour la raison opposée. Peut-être que je suis fait pour être avec elle, pour lui montrer une nouvelle manière de vivre ? C'est sûrement n'importe quoi, mais peut-être qu'elle n'est pas là pour me punir – peut-être qu'elle est là pour me *sauver.*

— Tu es si douce…

Je promène de nouveau ma main de haut en bas, le long de ses jambes exquises. Le souvenir de ce qui se trouve en haut de ces jambes s'impose à mon esprit et dans mon caleçon. Elle frissonne encore et sa peau se couvre de chair de poule. J'aime que son corps réagisse toujours de cette manière à mon contact. Son désir ne semble jamais faiblir ; son corps répond à chacune de mes caresses. J'humidifie mes lèvres, embrasse l'intérieur de son genou. Sa peau si douce a un goût de vanille. Je pourrais dévorer son corps entier en une seconde. *Self-control… self-control…*

— Je veux savoir le goût que tu as, Tessa.

Je plonge mes yeux dans les siens et attends sa réaction. Elle n'a aucune idée du degré de plaisir que je peux lui apporter. Ma langue va la rendre folle – elle souhaitera que je ne m'arrête jamais.

Les lèvres charnues de Tessa s'entrouvrent, et elle se penche vers moi, dans l'attente que j'embrasse sa bouche. Son manque d'expérience est rafraîchissant et frustrant à la fois.

— Non, là, *en bas.*

Je pose ma main sur sa culotte entre ses jambes, et elle retient sa respiration. Sa poitrine se gonfle par à-coups. C'est comme si je pouvais sentir ses hormones déchaînées dans son corps. D'une douce caresse, je la titille, et sa culotte s'humidifie de plus en plus sous mes doigts.

Elle est déjà trempée, et je le lui dis. Elle est si belle. Sa beauté irradie encore plus quand elle est comme ça, gonflée et mouillée pour moi.

— Parle-moi, Tessa. Dis-moi à quel point tu en as envie.

C'est une obsession. J'ai besoin de l'entendre me supplier.

Mes doigts continuent de la caresser et se concentrent maintenant sur son clitoris. Elle gémit :

— Je voudrais que tu continues.

J'adore ça.

— Tu n'as rien dit. Je ne sais pas si tu as apprécié.

— Ça se voit, non ?

Je me redresse pour m'asseoir sur mes cuisses. Je ne peux détacher mes mains d'elle. Du bout des doigts, j'effleure la peau douce de ses cuisses, ce qui la fait sursauter. J'insiste tout en l'encourageant.

— Dis-le. Pas de hochement de tête. Dis-moi tout simplement ce que tu veux, Bébé.

J'aime tellement l'entendre dire à quel point elle a envie de moi. Elle murmure et s'approche de moi.

— Je veux que tu le fasses…

J'essaie de retenir mes mains et de la laisser venir vers moi pour me dire ce dont elle a envie. Je lève un sourcil.

— Que je fasse quoi, Theresa ?

— Tu sais bien... que tu m'embrasses.

Je l'embrasse sur la bouche deux fois. Elle se renfrogne et je continue de la narguer.

— C'est ça que tu voulais ?

Elle me frappe le bras. Je veux l'entendre me supplier.

— Embrasse-moi... là, en bas.

Juste au moment où je bouge pour lui obéir, Tessa se cache le visage et secoue la tête. Je ne peux m'empêcher de rire tandis que je saisis ses mains pour les écarter. Son air renfrogné s'intensifie.

— Tu fais exprès de me faire rougir.

En fait, elle est vraiment contrariée. À quel moment est-ce arrivé ?

Elle lève les yeux au ciel quand j'essaie de lui expliquer que je ne peux pas m'en empêcher.

Que j'ai juste voulu l'entendre prononcer ces mots.

— Oh ! C'est bon, Hardin !

Elle tire la couverture sur elle pour se cacher. Merde. Elle est maintenant tournée de l'autre côté et fixe le mur.

Je déteste l'idée d'avoir pu faire de quelque chose de sexuel une mauvaise expérience pour elle. Ce lit avec moi est censé être son refuge, l'endroit où elle peut se laisser aller et renoncer à tout sauf au plaisir que je lui donne. J'ai merdé, et maintenant cette expérience va la contrarier chaque fois qu'elle y pensera. Je n'aurais pas dû tant la pousser à bout. Tout est si nouveau pour elle. Je suis un sombre idiot. Je dis dans ses cheveux :

— Hé ! Je suis désolé.

Je déteste me battre avec elle. J'étais juste en train de la taquiner ; je n'ai juste pas su quand m'arrêter. Au cas où elle ne l'aurait pas remarqué, je peux agir comme un vrai con parfois.

— Bonne nuit, Hardin.

Sa voix est dure. Elle n'est pas d'humeur à plaisanter. J'utilise donc toute la force que j'ai en moi pour la laisser tranquille. Lui mettre encore plus la pression serait la dernière chose à faire.

Tu vois, j'apprends, j'ai envie de lui dire. Je bredouille :

— Très bien, tête de mule.

Je vois sa respiration ralentir. Je passe mon bras autour d'elle et tente de trouver le sommeil. De temps en temps, elle soupire et marmonne des choses incohérentes. Une fois qu'elle est endormie, je m'assieds et l'observe pendant un moment. Je me demande pendant combien de temps elle va être en colère contre moi et si je vais enfin réussir à devenir un bon petit ami.

7

Sa vie était en train de changer si rapidement qu'il arrivait à peine à suivre. Il était heureux… Enfin, il avait appris le sens de ce mot. Ses journées passaient trop vite pour qu'il réalise ce qui était en train de se passer. Quand elle s'offrit à lui, il se réfugia dans son corps comme dans un abri. Elle lui donna la part la plus intime de son innocence, et il la prit, même s'il savait que ce n'était pas à lui de le faire. Mais la vérité, c'est qu'il désirait qu'elle ne l'apprenne jamais. Il l'aimait et l'utilisait à la fois, incertain de la manière dont il pouvait concilier les deux. Il l'aimait et savait que cela n'excusait pas toutes les erreurs qu'il était en train de commettre, l'une après l'autre. Mais il espérait pouvoir profiter de chaque instant pris avec elle et peut-être la convaincre de lui accorder son pardon.

• ———— •

Je me gare sur le parking de la résidence de Tessa en me demandant quel est mon putain de plan. Pourtant, j'avais les idées claires en partant de chez moi. J'avais l'intention de me rendre dans sa chambre, de tout lui raconter et de la supplier de me pardonner. Ce n'est pas un plan très judicieux, mais c'est tout ce que j'ai trouvé. La culpabilité qui ronge mes entrailles a besoin d'être libérée. Je suis terrifié par ce qui va se passer une fois que je lui aurai tout avoué, mais elle mérite de connaître la vérité. Elle doit savoir.

J'ai pris un petit verre avant de partir. Juste quelques gorgées pour me donner du courage.

Je ne peux plus la tromper avec mes baisers ni la distraire avec mes caresses une heure de plus.

Il y a toujours des places libres sur le parking du bâtiment B, je peux me garer tout près du trottoir. L'immeuble de son dortoir me fait penser à une vieille maison pleine de fenêtres, mais la brique rouge foncé lui donne un côté institutionnel assez sinistre. C'est l'endroit le moins surveillé par le personnel de l'université. Je le sais – j'ai été viré des bâtiments A et D.

J'écris rapidement un texto à Steph pour lui dire de laisser son cul loin de la chambre si elle est à l'extérieur. Elle ne me répond pas immédiatement, je sors de la voiture en espérant qu'elle ne sera pas là. En dessous, il y a un texto de Tessa qui me souhaite bonne nuit. J'aurais dû lui répondre. Pourquoi je suis si con ?

Le couloir est vide. Je suis si nerveux que je me retrouve devant la chambre B20 au lieu de la B22 pendant cinq bonnes minutes, sans m'en apercevoir. Je n'arrive pas à décider si je dois frapper à la porte ou non. Elle ne m'attend pas vraiment, mais je suis sûr qu'elle est là. Non, je ne devrais pas frapper. Il n'y a pas de raison. Quand je tourne la poignée, mes mains se mettent à trembler. La porte en bois s'ouvre en craquant quand je pénètre dans la pièce. J'espère ne pas recevoir une chaussure en pleine tête ou tomber sur Steph, une bite dans la bouche.

Juste au moment où mes yeux commencent à s'habituer à l'obscurité, la lampe s'allume.

— Qu'est-ce que tu fais ?

Tessa est assise, toute droite, les yeux plissés à cause de la lumière vive.

Je passe à côté du lit de Steph et m'arrête à quelques mètres de Tessa.

— Je suis venu te voir.

Quelque chose en moi change et s'apaise maintenant que je la vois. Elle se tourne sur le côté, une main posée sur la hanche. Quand elle se redresse, ses pieds nus dépassent du matelas et ses cheveux blonds ondulés couvrent la moitié de son dos. Le t-shirt en coton qu'elle porte a l'air doux. J'ai envie de m'approcher pour toucher la matière soyeuse qui colle à sa peau. Je meurs d'envie de passer mes doigts sur son front pour écarter les mèches emmêlées sur son visage. J'ai besoin de toucher ses lèvres qui font la moue.

Elle fronce les sourcils, on dirait un petit chaton en colère.

— Pourquoi ?

Sa voix est aiguë et plaintive.

Ne sachant pas quoi faire de mon corps, je m'assieds sur le fauteuil de son petit bureau en bois. Après un moment d'hésitation, je réponds franchement.

— Parce que tu m'as manqué.

L'incrédulité et la colère se lisent sur son visage tandis qu'elle lève les yeux au ciel. Est-ce que je lui ai manqué ? Est-ce que je suis un réconfort pour ses nuits, comme elle l'est pour les miennes ? Je n'en ai pas la moindre idée.

Elle soupire et ses épaules s'affaissent.

— Dans ce cas, pourquoi es-tu parti ?

Elle parle doucement.

J'observe sa chambre un instant. Pour une fois, son lit est défait, la couette est en tas au bout du lit et l'un des oreillers menace de tomber du matelas. Le côté de Steph est en désordre, c'est une habitude. Je me mords l'intérieur de la joue pour ne pas rire à l'idée que ça doit rendre folle Tessa. Je suis même surpris qu'elle ne range pas elle-même la chambre quand elle s'y trouve seule. Elle le fait peut-être, qui sait ?

Je hausse les épaules, et Tessa croise ses bras sur sa poitrine. *J'ai tellement de choses à te dire, Tessa, s'il te plaît, tais-toi pour une fois…*

— Parce que tu me cassais les pieds.

Elle s'énerve et tape des pieds comme une gamine de maternelle.

— Ok. Je me rendors. Tu es bourré et, de toute évidence, tu vas encore te montrer désagréable.

Elle secoue la tête et ferme les yeux. La voir en colère me brûle la poitrine, mes poings se serrent d'irritation.

J'essaie de la convaincre que je ne suis pas désagréable, juste un peu bourré, et que j'avais envie de la voir. C'est difficile de ne pas aller m'asseoir près d'elle sur le lit. Je veux qu'elle se rallonge et me laisse la toucher. Je continue à lui déverser des paroles mielleuses pour tenter de la faire sourire.

Mais elle ne s'y laisse pas prendre.

— Tu ferais mieux de partir.

Puis elle s'allonge face au mur, me tournant le dos. Quelle petite fille bornée ! C'est à la fois exaspérant et adorable.

Si elle veut se comporter comme une gamine, je la traiterai comme telle.

— Eh, oh, Bébé, ne te mets pas en colère.

Ses épaules se crispent et je regrette de ne pas pouvoir voir son visage. Même si je l'ai dit pour l'embêter, le mot *Bébé* sonne trop bien en ce qui la concerne.

— Tu veux vraiment que je m'en aille ? Tu sais ce qui arrive quand je dors sans toi.

Au fond de moi, j'espère que ma vulnérabilité parviendra à la toucher.

Elle souffle exagérément et je retiens ma respiration. Je n'ai pas envie de partir. Je n'ai pas envie qu'elle le veuille non plus.

— Très bien. Tu peux rester, mais moi je dors.

Elle reste dans son coin. Je me demande quelle serait l'intensité de la gifle qu'elle me donnerait si je m'allongeais derrière elle ou si je la saisissais par l'épaule pour qu'elle se retourne.

Je m'en fiche qu'elle dorme, mais je préférerais quand même profiter de sa compagnie. J'avais une moitié de plan en arrivant ici, et maintenant, c'est juste hors de question. Elle est déjà agacée ; elle serait incapable de discuter si je lui balançais toute cette merde maintenant.

— Quoi ? Tu ne veux pas dormir avec moi ?

Une fois de plus, elle me reproche d'être désagréable et bourré. Je lui réponds que ce n'est pas le cas, qu'elle est juste en train de se comporter comme une enfant. Elle ajoute :

— On ne peut pas dire que ce soit très gentil. D'autant plus que je n'ai rien fait d'autre que te poser des questions sur ton boulot.

J'ai la tête qui tourne ; elle ne peut pas s'arrêter, elle est en boucle.

— Seigneur, tu ne vas pas recommencer. S'il te plaît, Tessa, laisse tomber. Je n'ai pas envie de parler de ça maintenant.

Il m'apparaît soudain que si je jouais cartes sur table, la majorité de nos problèmes disparaîtraient. Le souci c'est qu'elle aussi partirait avec eux.

— Pourquoi tu as bu ce soir ?

Ça m'avait l'air d'être une bonne idée. J'étais triste, angoissé et n'arrivais pas à mettre de l'ordre dans mes pensées. Respirer l'alcool devait rendre mes confessions moins graves, moins injurieuses. Comme dire des choses incohérentes sous l'effet de l'alcool, et si elle réagit mal, renier mes paroles le lendemain.

Putain, je ne peux pas m'arrêter de mentir.

— Je… je ne sais pas… j'avais juste envie d'un verre… *ou deux.* Tu ne veux pas arrêter d'être en rogne contre moi ? Je t'aime.

Je l'aime vraiment et j'ai besoin d'être près d'elle. Je déteste quand elle est furieuse contre moi, mais d'une certaine façon, un peu malsaine, le fait qu'elle s'inquiète pour moi me réconforte.

À chaque seconde qui passe, sa colère s'estompe.

— Je ne suis pas en rogne contre toi. Mais je ne veux pas faire marche arrière dans notre relation. Ça ne me plaît pas que tu t'en prennes à moi sans raison, puis que tu t'en ailles sans rien dire. Si quelque chose te déplaît, je préfère que tu m'en parles ouvertement.

C'est quoi ce délire, Dr Phil[1] ? Il me faut un moment pour comprendre qu'elle est en train de me parler comme si nous étions un couple légitime, alors que nous en sommes très loin, même si elle a rompu avec le parfait petit ami aux cheveux dorés. Elle tient des propos incohérents sur la communication, alors que tout ce qu'elle fait, elle, c'est se retourner dans son lit et m'ignorer. Je me suis cassé le cul pour cette fille, et elle n'est toujours pas contente. J'essaie d'être raisonnable, de ne pas laisser ma colère prendre le dessus, mais c'est vraiment difficile avec quelqu'un comme Tessa qui appuie toujours là où ça fait mal. Je riposte :

— Tu ne supportes pas de ne pas tout contrôler.

Je n'en reviens toujours pas qu'elle cherche à me donner des conseils sur la manière de

1. Talk-show américain de conseils personnels.

gérer les choses. Comme si elle savait tout et que sa manière de penser était la meilleure.

— Pardon ?

Sa voix se brise. Elle se penche en avant en appuyant ses coudes sur ses genoux.

Je lui dis qu'elle est une maniaque du contrôle, ce qu'elle nie.

Elle me demande si, tant qu'on y est, j'ai d'autres reproches à lui faire, et je lui demande d'emménager avec moi. Elle semble aussi stupéfaite que je l'imaginais. Bien qu'un peu surpris moi-même d'avoir choisi ce moment précis pour lancer le sujet, je préfère être direct avec elle. Elle étudie attentivement mon visage, comme si elle essayait de mémoriser ce que je lui dis sur cet appartement. Elle est folle de joie, je le vois. Mais hésitante aussi, et elle le cache très mal. Je lui prouverai qu'il n'y a aucune raison d'avoir peur. Je peux continuer à devenir meilleur pour elle et la rendre heureuse. Je sais que j'en suis capable.

L'atmosphère entre nous vient de changer radicalement. Elle mordille sa lèvre inférieure et me taquine. J'ai hâte d'emménager avec elle.

Un ouragan de vérités flotte au-dessus de nos têtes, tourbillonnant, s'intensifiant, prêt à se déverser à tout moment. Je fais comme si nous étions dans un roman et qu'elle me pardonnera, comme Elizabeth a pardonné à Darcy. Si nous étions des mots sur une page, elle se retrouverait de nouveau dans mes bras, peu importerait la gravité de mon erreur, juste comme Catherine. Tout ce qu'elle voudrait, c'est l'excitation que j'apporte dans sa vie et il lui serait impossible de s'éloigner, tout comme Daisy. Le malheur ne peut pas nous atteindre si nous sommes en sécurité dans notre propre monde, dans notre propre appartement, dans notre propre roman.

Cet endroit sera comme une forteresse, pas une prison, je le lui promets intérieurement. Les mots meurent sur le bout de ma langue, et je me tourne de nouveau vers elle. Elle me fixe, trahie par ses yeux brillants d'excitation.

— Alors, tu vas venir habiter avec moi ?

Dis oui, Tess. Je t'en prie, dis oui.

Elle roule des épaules, et je devine la bretelle rose d'un soutien-gorge. Je croyais qu'elle n'avait que des sous-vêtements en coton noir ou blanc. Je continue de fixer son épaule, espérant apercevoir autre chose.

— Seigneur ! Une chose à la fois. Pour l'instant, je vais arrêter d'être en colère contre toi.

Ça, c'est sa vision du compromis.

— Maintenant, viens me rejoindre.

Elle s'allonge dans le lit et tapote la place à côté d'elle. Soudain, je me transforme en petit toutou, heureux que son maître le laisse monter sur le lit. Je déboutonne mon jean, le fais glisser le long de mes jambes et le balance sur une pile de cahiers près du lit de Steph. Je regarde Tessa dont les yeux rivés sur mon t-shirt me font comprendre silencieusement que je devrais aussi le retirer. Le fin coton de son t-shirt la rend sexy, mais ce n'est rien comparé à la Tessa portant mon t-shirt. J'aime tellement qu'elle dorme avec.

Quand je l'enlève et le pose devant elle, son visage se fend d'un merveilleux sourire, puis elle retire le sien. Sa peau lisse est tellement sexy, comme la manière dont son ventre se creuse vers sa douce poitrine. Mes yeux sortent presque de leur orbite à la vue de sa lingerie. Elle m'avait habitué à du coton doux, sans balconnet, sans rien pour mettre sa poitrine en valeur, pas à un soutien-gorge push-up en dentelle.

— Putain ! Attends, c'est quoi ça, putain ?

Cette fille est foutrement sexy et ne s'en doute même pas, putain. Ses joues se colorent d'un rouge profond et fiévreux. Elle murmure :

— Je… je me suis acheté des sous-vêtements aujourd'hui.

Elle est gênée alors qu'elle ressemble à une déesse avec sa longue chevelure blonde, ses jambes lisses et ses lèvres charnues entre lesquelles ma bite meurt d'envie de s'enfoncer...

Je me demande quels autres achats elle a bien pu faire aujourd'hui et s'il serait difficile de la convaincre de me faire un show privé en essayant tout devant moi.

Je n'ai jamais été aussi excité par une femme de toute ma vie. C'est une bombe sexuelle, putain, sans même essayer de l'être. Elle n'imagine même pas à quel point les femmes tueraient pour être comme elle et avoir ses courbes sexy.

— Je vois ça… putain !

Tessa secoue la tête.

— Tu te répètes !

Elle adore m'entendre dire ça, pourtant. Tessa rayonne sous mes compliments et c'est vraiment, vraiment agréable. Je m'étonne tous les jours qu'elle ne se voie pas telle qu'elle est. Je lui répète à quel point elle est belle, et elle sourit encore plus. Je n'arrive pas à détacher mon regard de ses seins arrondis et ne peux empêcher ma bite d'enfler dans mon boxer. Tessa fixe le gonflement qui étire le coton noir de mon caleçon.

Ses yeux sont gourmands. Elle passe sa langue sur ses lèvres avant de les mordiller légèrement. Elle me dit quelque chose, mais je serais incapable de dire de quoi il s'agit, même si ma vie en dépendait.

— Humm…

Peu importe ce qu'elle me dit, je suis d'accord. Je ne pense à rien d'autre qu'à son corps qui m'appelle ; c'est comme si elle était faite pour moi. Je pose un genou sur le lit, m'allonge doucement sur elle et embrasse ses lèvres humides et gonflées. Sa langue est un mélange de velours et de scotch, douce et intense. Elle glisse sur la mienne, me blesse et me soigne à la fois.

Je suis en train de jouer un jeu dangereux. Je marche sur un fil, mais j'ai développé un vrai talent d'équilibriste. Si elle s'installe avec moi, elle verra à quel point je suis prêt à devenir un mec bien.

Elle verra qu'une erreur n'est rien, comparée à l'amour que je lui porte, comparée à ce que je peux devenir pour elle.

Sa bouche est avide. Elle excelle à ce petit jeu : sa langue s'enroule autour de la mienne, et je deviens plus accro à chaque son qu'elle émet. Je passe ma main dans sa chevelure soyeuse en essayant désespérément de me rapprocher d'elle. Je presse mon corps contre le sien pour y caresser ma queue avant de m'enflammer totalement. Le soulagement que je ressens en me frottant contre elle me terrifie. Elle contrôle mon corps et mon esprit, et je ne sais pas ce qu'elle en fera.

Je prends appui sur mon coude pour admirer sa beauté. Sa bouche est rose foncé maintenant, et dans ma tête, je fais la liste de toutes les choses que je meurs d'envie de lui faire. Mon autre main effleure la douce dentelle rose sur ses seins ; la fine matière arrive à peine à les contenir.

Lentement, tendrement, je promène mes doigts le long de son balconnet, sous sa bretelle, avant de les glisser à l'intérieur de son soutien-gorge. Je sens ses petits tétons tout durs. Je suis au paradis, putain.

— Je n'arrive pas à savoir si je veux le garder…

Je pourrais passer chaque heure de chaque journée allongé ici, contre elle qui attendrait mes caresses. Je pince le bout de ses seins, et elle gémit de surprise.

Je veux sentir ses seins nus dans mes mains.

— Ce sera sans !

Je suis excité et impatient. Je dégrafe son soutien-gorge et quand elle cambre le dos, je manque d'éjaculer dans mon boxer. Je malaxe sa poitrine généreuse, la pressant vers le haut et le bas, juste pour observer leur manière si parfaite de bouger. Ses seins sont exceptionnels – ils m'obsèdent.

— Qu'est-ce que tu veux faire, Tess ?

Putain, j'ai envie de tout faire avec elle. J'ai envie d'essayer des choses jamais faites avant et de renouveler mes expériences passées d'une nouvelle manière.

— Je te l'ai déjà dit.

Elle gémit, poussant sa poitrine dans ma main.

Quelle petite coquine !

Sommes-nous prêts ? Est-elle prête ? Je pense qu'elle l'est. Elle est si mouillée que j'aperçois sa culotte luire à la lumière de la lampe.

Je promène mes doigts le long de son ventre jusqu'à l'ourlet de sa culotte en dentelle.

J'essaie de me contrôler, mais elle gémit. J'ai besoin de l'entendre prononcer mes sons préférés. Putain, elle vient de me prendre entre ses doigts.

Mes mains se dirigent vers sa chatte. Je tapote doucement son pubis gonflé et sens sa culotte mouillée. Son odeur sucrée emplit la pièce et j'ai envie de la goûter. Mes doigts s'enfoncent complètement en elle en faisant des mouvements de va-et-vient. Elle pousse un cri qui s'insinue en moi, puis elle m'entoure de ses bras pour presser son corps bandant contre le mien. Elle est si étroite autour de mes deux doigts. Elle gémit chaque fois que je pénètre son sexe.

Les mains de Tessa sont frénétiques quand elle trouve mon membre en érection. Elle le prend entre ses paumes, le saisit et le caresse à travers mon boxer.

— Tu es sûre ?

J'ai besoin qu'elle en soit absolument certaine. J'ai besoin que ce soit aussi parfait pour elle que ce le sera pour moi.

Sa respiration est haletante et il lui faut un moment avant de comprendre que je lui parle. Sa bouche est ouverte, ses yeux écarquillés.

— Oui, je suis sûre. Arrête de te poser des questions.

Je penche ma tête vers elle et glousse dans son cou. L'ironie de la situation me tue ! Normalement, c'est elle qui réfléchit trop, mais maintenant les rôles sont inversés. Je suis si près de la posséder, enfin, et cet instant est gâché par ce stupide pari. La culpabilité que je porte en moi depuis que j'éprouve des sentiments pour elle m'envahit. Je suis en lutte contre moi-même : le gentil garçon amoureux de la gentille fille et le mauvais garçon trop brisé pour aimer qui que ce soit sont en train de mener un combat acharné. Chacun d'eux attend quelque chose de différent de la princesse. Le garçon en noir est mis K.-O. Je murmure contre sa bouche :

— Je t'aime. Tu le sais, hein ?

Sent-elle la panique dans ma voix ?

Si c'est le cas, elle n'en montre rien. Elle m'embrasse, lentement et délicatement.

— Oui… Je t'aime, Hardin.

Les jambes de Tessa tressautent légèrement, comme si son corps pouvait à peine endurer le plaisir de mes doigts faisant des va-et-vient dans sa chatte si serrée. Des gémissements désordonnés lui viennent tandis que des images clignotent dans mon esprit, des images de son corps tremblant sous le mien pendant que je romps sa chair et prends possession d'elle. Mais pas tant qu'elle ne fait pas le premier pas... C'est la limite à ne pas dépasser.

Ma bouche s'active sur son cou d'une nouvelle manière, je lèche sa peau si douce et sens la chaleur de son sang en parcourir la surface. Elle est à moi.

— Hardin... je suis...

Elle gémit quand je me retire.

Elle est si mûre, si prête à être dévorée, putain. Soudain, je suis un homme affamé. J'ai besoin que ma bouche la goûte. Je recule sur le lit, fais glisser sa culotte et écarte ses cuisses. L'odeur est si douce, si addictive. Je n'ai jamais rien expérimenté qui ressemble à cette faim rugissant en moi. Mes lèvres picorent tendrement un chemin invisible jusqu'à son bas-ventre. Son sexe est trempé. Je ne peux m'empêcher de souffler dessus et ses gémissements m'enchantent.

Je soulève son cul et plonge ma tête entre ses cuisses.

Son goût envahit mes sens tandis que ma langue la lèche plus fort, plus précisément. Elle s'accroche aux draps pour ne pas crier.

— Dis-moi que tu trouves ça bon.

Je lui parle en m'assurant de lâcher un souffle contre elle à chaque mot prononcé.

Elle suffoque.

— Tellement...

Je l'aspire et la lèche, l'amenant à un torrent de gémissements et de tremblements.

Je veux lui donner toute l'excitation dont elle a besoin.

— C'est ça, Bébé, jouis pour moi. Je veux le sentir sur ma langue.

Ce qu'elle fait. Je plane avec elle alors qu'elle a un orgasme pour moi. Je ne suis plus enivré par l'alcool mais par le pouvoir.

Je grimpe sur son corps, ma bite explorant son ventre, et je l'embrasse. Elle sort de son état de transe, l'air rassasiée, et m'embrasse avec fougue. Elle en veut encore. Je suis impressionné.

— Est-ce que tu es...

Je lui redemande pour être sûr.

Elle hoche la tête frénétiquement et presse ses lèvres contre les miennes.

— Chut... oui, je suis sûre.

Elle plante alors ses ongles dans mon dos et reprend ma bouche dans la sienne. Sa bouche suce la mienne, sa langue cherche à se frayer un chemin entre mes lèvres. Je suis *stone* de nouveau. Elle descend mon boxer sur mes hanches, puis le long de mes jambes. La sensation d'être nu et si dur contre sa peau me rend fou.

J'ai besoin de m'enfoncer en elle, de posséder son corps.

Rien ne sera plus pareil. Aucun de nous deux n'en sortira indemne. Elle ne sera plus cette fille innocente; elle sera une femme avec une vie sexuelle. Elle devra cocher la case vie sexuelle active chez le docteur. Un jour, elle se mariera et racontera à son mec qu'elle m'a baisé. Chacune de ses conversations sur ses expériences sexuelles passées sera habitée par moi. Je ressens une immense culpabilité, mais aussi une extrême satisfaction. C'est une expérience libératrice et effrayante à la fois.

— Tessa, je...

Je dois lui dire. Mon corps est en train de la fendre en deux.

— Chut...

Elle n'a aucune idée de ce qu'elle est en train de dire.

Je sens le poids de mon corps sur le sien, en parfaite adéquation. J'observe son visage pour graver cette image à jamais dans ma mémoire.

— Mais, Tessa, il faut que je te dise quelque chose...

— Chut. Hardin, s'il te plaît, arrête de parler.

Maintenant, elle me supplie. Ses yeux sont remplis d'amour et d'excitation. Ma vie est en train de basculer, et là maintenant tout de suite, je vais tout changer. Elle prend le contrôle de la situation et avant que je ne puisse dire un mot de plus, elle colle ses lèvres contre les miennes. Sa main est enroulée autour de mon membre en érection. Elle me branle, m'excite et me fait taire. J'ai le souffle coupé quand son pouce passe sur mon gland humide.

— Je vais jouir si tu refais ça.

J'ai envie de sentir ses doigts délicats caresser mon nœud et m'exciter jusqu'à m'obliger à la supplier pour en avoir plus.

Mais surtout, j'ai besoin de m'enfoncer en elle. Maintenant. Je suppose qu'elle n'a pas de préservatif et je me sens un peu honteux d'en avoir un avec moi, par habitude. J'ai quelques règles quand il s'agit de sexe, et utiliser un préservatif en est une obligatoire.

Tessa m'observe tandis que j'attrape mon jean sur le sol et fouille dans les poches. J'ai l'impression d'être un pervers, à conserver un préservatif dans mon portefeuille en prévision d'un coup.

Le regard brûlant de désir de Tessa chasse immédiatement cette pensée et je retourne dans le lit avec le préservatif. J'attends qu'elle me le prenne des mains, mais elle ne le fait pas. Bien sûr, imbécile, elle n'en a probablement jamais vu un en dehors de ses cours d'éducation sexuelle.

— Est-ce…

Je ne sais pas comment m'y prendre pour lui demander si elle veut essayer de me le mettre. Certaines femmes aiment ça et d'autres non.

Elle monte le ton :

— Si tu me demandes encore une fois si je suis sûre, je te tue.

Je la crois sur parole.

Je décide donc de choisir l'option numéro deux qui est de profiter de ce moment tant qu'elle est avec moi. Je secoue la tête et lui montre le préservatif.

— J'allais dire, est-ce que tu veux m'aider à le mettre ou je le fais tout seul ?

Je serais plus rapide, ça, c'est sûr.

Tessa mordille ses lèvres et semble nerveuse. Mon sexe me fait mal tant je suis excité. J'ai presque envie de la baiser sans préservatif.

Je dois me rappeler que ce serait une putain de mauvaise idée. Pas question.

— Oh. Je veux bien t'aider, mais tu vas devoir me montrer comment on fait.

Elle est tellement timide et si sexy, putain. Ses seins, lourds et ronds, sont en train de me distraire. Il faut que j'accélère les choses.

— Ok.

Tessa s'installe contre moi, les jambes croisées. Je suis content de lui montrer, mais en réalité, je l'ai déjà presque mis.

En fait, je suis déjà sur elle, m'installant pour la pénétrer. Elle gémit en me griffant le dos et les bras. Elle en veut plus, elle est en train de jouir, et c'est ce que j'attends d'elle.

• ———— •

— Ce n'est pas si mal pour une fille vierge et un mec bourré !

Tessa plaisante une fois que le préservatif est en place. Je lui rappelle que je ne suis pas bourré et que ses paroles insolentes m'ont fait dessoûler. Curieuse, elle me demande :

— Et maintenant ?

Je guide sa main pour la poser sur ma bite.

— Impatiente ?

Elle acquiesce de la tête.

— Moi aussi.

Je *suis* impatient. Je n'ai jamais autant désiré quelque chose.

Elle continue de me branler, mon membre dur enroulé dans sa main. Je me déplace entre ses jambes en les écartant avec mon genou.

Une fois de plus, sa chatte mouille pour moi.

— Tu es trempée, ça va être plus facile.

Je la respire encore. Elle est si réactive, ça me rend complètement dingue, putain. J'embrasse ses lèvres, les coins tout doux de sa bouche, son nez, ses lèvres de nouveau. Son bras est enroulé autour de moi, et je prends une grande inspiration quand elle m'attire encore plus près d'elle. Je me frotte contre son sexe humide et suis sur le point d'exploser. Elle est impatiente et m'attire plus près encore. Je la préviens :

— Doucement, Bébé, doucement.

Je l'embrasse sur la tempe. Je ne veux pas lui faire mal. Je ne le ferais pas, si je le devais.

— Ça va te faire un peu mal au début, donc tu me dis si tu veux que j'arrête, ok ?

Je la regarde droit dans les yeux. Ses pupilles sont complètement dilatées, ses joues brûlantes, et ses cheveux sont étalés sur l'oreiller.

— D'accord.

Elle déglutit nerveusement. Je la regarde pour lui rappeler en silence combien je l'aime, combien j'ai besoin d'elle et combien je tiens à elle. Après avoir pris une grande inspiration, je trouve l'orifice et pousse doucement à l'intérieur. Elle est si étroite qu'en la pénétrant, mon sexe bute à chaque centimètre. Je m'arrête quand ses yeux se ferment. Je lui demande, le souffle court :

— Ça va ?

Elle hoche la tête, les lèvres pincées. Elle est si chaude, si serrée pour moi. Je gémis pendant qu'elle grimace :

— *Putain.*

Elle se resserre encore.

— Est-ce que je peux bouger ?

Putain, j'ai besoin de bouger. Je savais qu'elle me ferait décoller au paradis, mais je n'aurais pas cru que ça serait extraordinaire à ce point.

Elle prend de petites inspirations avant de répondre doucement.

— Oui.

J'y vais lentement, ne voulant pas lui faire mal. À chaque baiser que je lui donne, je sens sa pression sur mon bras se relâcher. Son cou, sa belle bouche, son nez. J'aime chaque parcelle de son corps. Chaque parcelle de *mon* corps.

Je lui répète à quel point je l'aime tandis que, lentement, je vais et viens en elle. Ses yeux sont mi-clos, mais elle ne montre aucun signe inhabituel d'inconfort. Après une vingtaine de secondes, elle n'a toujours pas répondu et je m'arrête.

— Est-ce que… bordel… est-ce que tu veux que j'arrête.

Elle secoue la tête, et je ferme de nouveau les yeux. J'imagine chaque partie de son corps sous le mien. Sa peau lisse, son corps épousant le mien. Elle est à moi maintenant, et pour toujours, même quand nous aurons quitté ce lit. Je maintiens mon allure et elle garde ses bras autour de moi. Je sens mon cœur battre et prendre vie dans ma poitrine, tandis que je m'envole au septième ciel. Je n'ai jamais pris un tel pied.

Je me sens vivant et exceptionnel. Et quand je plonge mes yeux dans ceux de mon amour, elle me regarde aussi avec cette même admiration radieuse. Quelque part, je sais que tout ira bien désormais.

La force de Tessa me surprend encore alors qu'une larme silencieuse coule le long de sa joue. Je l'embrasse et la complimente comme elle le mérite.

— Putain, Tess, tu es trop bonne, Bébé. Je t'aime tellement.

Je passe ma main dans ses cheveux et suce la peau de son cou en sueur.

— Je t'aime, Hardin.

C'est tout ce dont j'ai besoin maintenant.

Avec fougue, j'embrasse sa bouche, lèche ses lèvres et aspire sa langue.

— Oh, Bébé, je vais jouir. Ça va ?

Mon membre est enflammé, la peau de Tessa est luisante de sueur, nous sommes complètement accros l'un à l'autre.

Tessa hoche la tête et m'encourage à me répandre en elle. À ce moment, je voue une haine profonde à cette barrière entre nous. Je veux la remplir – je veux la faire mienne par tous les moyens. Ses lèvres sucent la peau sous mon cou et je frissonne. Mon corps s'abandonne au plaisir. Je laisse échapper son nom à travers mes dents serrées tandis que j'atteins l'orgasme. Puis je pose ma tête sur sa poitrine et tente de retrouver mon souffle pendant qu'elle caresse paresseusement ma peau.

Tout a changé maintenant. J'ai tout changé entre nous. Je la berce en ignorant volontairement le poids de la vérité qui menace de me consumer vivant. Et alors que je l'apaise, je prie je ne sais quelle force invisible pour que mes mots ne se transforment pas en cendres.

8

Pour lui, les choses commençaient à se dégrader et plus les jours passaient, plus le fragile château de cartes qu'il avait construit chancelait. La moindre allusion à ses mensonges le faisait paniquer, et il était prêt à tout pour élaborer de nouveaux plans. Il était convaincu d'être maudit depuis l'enfance... il n'y avait pas d'autre explication à toute la souffrance qu'il avait dû endurer. Il finit par se demander si Tessa était une bénédiction ou sa plus grande malédiction. Il l'avait, tout entière, et pourtant elle lui échappait, chaque seconde un peu plus.

· ———— ·

Tessa est à son stage lorsque je me rends dans sa chambre quelques jours plus tard.

Molly m'a raconté que Steph était à cran et sur le point de péter les plombs. J'ai besoin de lui parler avant que ça n'arrive.

Quand j'arrive sur place, je trouve Steph étendue en travers du lit, ses cheveux rouges en pagaille. Des mèches bouclées sont coincées dans des pinces à cheveux. Son maquillage est sombre : deux ombres grises recouvrent ses paupières et la font ressembler à une version morbide de la blonde californienne. Sa peau est blanche et ses lèvres rouge foncé.

— Elle n'est pas là.

Steph referme l'écran d'ordinateur de Tessa.

Qu'est-ce qu'elle fout ?

— Je suis juste en train de mater des films. Détends-toi, espèce de psycho.

Je m'empare de l'ordinateur sur le lit et le coince sous mon bras.

— C'est à toi que je voulais parler.

Elle se redresse sur ses coudes. Ses seins pointent sous le tissu de sa robe moulante, révélant plus qu'il n'en faut pour se rincer l'œil.

— Me parler de quoi ?

Le regard glacial, elle attend ma réponse. J'ai toujours su que quelque chose ne tournait pas rond chez elle, mais je n'arrive toujours pas à en évaluer le danger. Tout le monde possède un, voire deux petits pètes au casque, mais en ce qui concerne Steph, on dirait que c'est bien plus que ça parfois. Je pensais que c'était une fille cool, mais finalement, elle ressemble plus à la version rousse de cette tarée d'Amy Dunne[1].

— Tu sais très bien.

Je m'assieds sur le lit de Tessa et me tourne vers Steph qui comprend l'allusion :

— Molly t'a appelé. Elle est en train de virer sale petite garce. Tu ne trouves pas ?

Steph relève la tête et s'assied.

— Je n'ai pas l'intention de dire quoi que ce soit à Tessa. Je sais bien que la seule raison de ta présence ici est de me supplier de ne rien lui balancer. Je ne vais pas le faire.

— Et je suis censé gober ça ?

Pendant que je la questionne, elle passe sa langue contre ses dents.

— Je me fous que tu me croies. Ça ne m'amuse plus. Tout ça me fatigue, et je commence même à me sentir un peu mal pour elle.

1. Référence au film *Gone Girl* de David Fincher

Pour être honnête, ça me surprend vraiment.

— Ah bon ?

Je me décale vers le bord du lit de Tessa et laisse tomber mes bras sur mes genoux.

Elle se met à rire – un rire sauvage et aigu. Je soupire. J'aurais dû m'en douter.

— Non, bien sûr que non ! Pourtant, *je suis* fatiguée de tout ça.

Je l'observe tirer sur le bas de sa robe pour me dévoiler encore plus son décolleté. Je détourne le regard.

Je suis là pour Tessa. Je ne dois pas faire de scène.

— Je suis sûre que tu en as bientôt terminé avec elle de toute façon.

Bientôt terminé avec elle ? Elle a pété un plomb ?

— Tu l'as baisée – maintenant tu en as terminé avec elle. C'est comme ça que tu fonctionnes. Non ?

Le plus bizarre dans ce que dit Steph, c'est qu'elle n'en a absolument rien à foutre de moi. Elle est juste en train de faire un constat. Étant donné mon passif, son analyse pourrait être juste, sauf que j'ai passé bien plus de temps à travailler Tessa que n'importe qui d'autre.

Tessa m'a donné envie de me battre pour elle parce qu'elle le mérite. Dommage que j'ai tout foutu en l'air. Je me racle la gorge.

— Non. Je n'en ai pas terminé avec elle.

Steph lève les yeux au ciel et passe sa langue sur ses lèvres.

— Je sais bien. Tu l'as baisée combien de fois maintenant ? *D'ailleurs,* elle est toujours aussi étroite ? Je veux dire, vu que tu détruis tout.

Mes yeux doivent sortir de leur orbite quand elle me regarde, car elle s'écarte de moi.

— Alors, elle *l'est* ? Je suis sûre qu'elle est bonne et tu l'as bien utilisée. Maintenant tu peux passer à autre chose et elle peut s'en aller. Je la vois assez comme ça.

— Tu ne l'aimes vraiment pas.

Je passe ma main derrière ma nuque. Tessa pense que Steph est son amie, et je n'ai pas envie de m'en mêler à moins d'y être obligé. En revanche, si jamais Steph essaie de lui faire quoi que ce soit, je m'en chargerai.

— Non, pas vraiment. Il est temps de passer à autre chose. Largue-la et retourne te faire sucer par Molly tous les deux jours.

— Je vais continuer à voir Tessa.

Je ne sais pas comment lui expliquer. Je ne veux pas qu'elle ait encore plus de pouvoir sur moi, mais je n'ai pas non plus envie qu'elle s'imagine que Tessa n'est pas une rencontre déterminante dans ma vie.

Elle n'en est pas une, mais je prie sans cesse pour faire en sorte que ça marche.

Et ce ne sont pas les affaires de Steph. Putain, c'est un bordel, un bordel monstrueux.

— Pourquoi t'es là, Hardin ? Je sais que ce n'est pas juste pour t'assurer que je ne dise rien.

Elle repasse sa langue sur ses lèvres et presse ses coudes de chaque côté de sa poitrine de la manière la moins subtile du monde.

Mes tempes me brûlent soudainement. Je me lève.

— T'es complètement folle si tu t'imagines que je vais te toucher !

— Tessa n'a rien de spécial. Je ne comprends pas cette obsession que vous avez pour elle, Zed et toi.

— Zed n'a rien à faire dans cette conversation.

Mes mains sont tremblantes. Je vois bien que Steph est de plus en plus satisfaite d'elle et de la réaction qu'elle provoque chez moi en mentionnant Zed.

Ne la laisse pas t'atteindre, Hardin.

Elle fait exprès de me blesser et je la laisse faire. C'est quoi ce truc que ma grand-mère avait l'habitude de dire ?

Merde, je ne m'en souviens pas.

— Zed *est plutôt* concerné pourtant…

— Ta gueule !

Je serre mes mains l'une contre l'autre et les porte à mon visage. J'enfouis mon nez dedans, puis inspire et expire.

Si je suis venu ici, c'est pour lui parler des inquiétudes de Molly et m'assurer que Tessa ne puisse pas m'être arrachée à cause d'un acte fou ou vicieux de Steph, mais maintenant que je suis là et que Steph se comporte comme un être exceptionnellement monstrueux, je n'ai qu'une envie, franchement, c'est d'agir comme un connard.

Steph se comporte comme la reine des connasses et me donne l'impression de ne pas être différent de celui que j'étais avant de rencontrer Tessa. Quelque part, je pensais être devenu meilleur que Steph ou que les autres, mais non. J'aurai une place juste à côté d'elle pour brûler en enfer.

Je ne peux m'empêcher de la provoquer. Je vais faire en sorte qu'elle se sente aussi mal que moi. Je la regarde et lui adresse mon pire rictus.

— Tu ferais peut-être mieux de t'occuper de ton propre petit ami et de sa manière de toujours fixer Molly. Je les ai surpris plusieurs fois ensemble...

Je raconte d'autres trucs sur eux – je ne sais même pas quoi, en fait – et le temps de terminer mes mensonges, ses yeux humides et rouge écarlate annoncent mon triomphe.

— Tu mens !

Elle tente de retenir ses larmes. *Je te tiens.*

— Non, dommage pour toi !

Je range l'ordinateur de Tessa dans le tiroir le plus élevé de sa commode. Je dois sortir de cette chambre, et vite.

Je me tire avant que Steph ait le temps d'ajouter quoi que ce soit. Quand j'arrive à ma voiture, je commence à reprendre mes esprits et réalise la connerie que je viens de faire. Steph n'est pas comme la plupart des filles. Elle ne va pas décolérer et attendre le bon moment pour frapper. Cette fille est irrationnelle, et je l'imagine bien révéler chaque détail du pari à Tessa en prenant soin de tout exagérer. Je dois juste tout lui raconter – je dois raconter à Tessa cette horrible vérité avant qu'elle ne le découvre par quelqu'un d'autre. C'est en train de me rendre fou.

Je ressors de la voiture et retourne vers la chambre afin de trouver un autre terrain d'entente avec Steph.

Mais dès que j'arrive devant la porte, j'entends la voix de Tessa. *Bordel.*

Je colle une oreille pour écouter leur conversation. C'est Tessa qui parle :

— Je ne pense pas que Tristan s'intéresserait à elle ; j'ai bien vu la façon dont il te regarde. Il tient vraiment à toi. Je crois que tu devrais l'appeler pour avoir une explication avec lui.

Je presse mon oreille plus fort contre la porte en priant pour que personne ne passe par là.

— Et s'il est avec elle ?

Steph a vraiment cru toutes ces conneries ?

— Je suis sûre que non.

Tessa réconforte sa coloc.

— Qu'est-ce que tu en sais ? Parfois, on croit connaître les gens, mais on se trompe.

Merde. Steph va tout lui balancer. Elle va tout lui dire *maintenant,* putain !

— H…

J'ouvre la porte et entre dans la chambre.

— Salut…

Elles ont l'air d'être très proches ; quelqu'un d'extérieur s'y laisserait prendre.

— Heu… je repasse plus tard ?

Steph se lève.

— Non, je vais aller retrouver Tristan pour m'excuser. Merci Tessa.

Elle prend Tessa dans ses bras et me fixe pour me faire comprendre qu'elle n'a pas dit son dernier mot.

Diversion – j'ai besoin de faire diversion. Alors que Steph s'apprête à partir, je demande à Tessa :

— T'as faim ?

— Oui, en fait, j'ai faim.

Elle passe ses mains sur son ventre.

Absorbée par ce que je viens de dire, elle ne semble pas remarquer le regard bizarre et plein de haine que me lance Steph.

9

La paranoïa s'empara de lui, l'entraînant de plus en plus loin d'elle. Il tenta de se raccrocher à la moindre petite lueur d'espoir d'avoir la vie qu'il voulait avec elle. Il essaya de s'en tirer en mettant divers plans en place pour sauver la seule bonne chose qui lui soit jamais arrivée. Il implora ses ennemis, supplia ses amis de garder le silence. Aucun de ses plans ne pouvait fonctionner. Aucun d'eux ne pourrait dissimuler ce qu'il lui avait fait. Il savait que, bientôt, tout lui exploserait au visage.

· ——— ·

J'emmène Tessa au centre commercial, où le sort continue de s'acharner sur moi. Nous nous installons pour dîner avant de décider dans quels magasins aller. La paranoïa me submerge, me poursuit partout où je vais. Je n'arrête pas de penser à ce que Steph a pu lui dire. Est-elle au courant de tout ce que je lui ai caché ? Me verra-t-elle enfin comme je suis, une personne indigne d'elle ?

Je pioche dans mon assiette, perdu dans mes pensées. Tessa mange lentement et ne cesse de me regarder. Que cherche-t-elle ? Des signes de trahison sur mon visage ?

— On pourrait commencer par ta tenue.

Je n'arrive toujours pas à croire que j'ai accepté d'aller au mariage de mon père. Ça va être tellement bizarre, putain. À ce stade, fixer Tessa est le seul moyen d'oublier toute la merde qui s'est passée il y a plus de trois mois.

— Toi, au moins, tu as la chance d'être belle, quoi que tu portes.

Ma flatterie la fait rougir.

— Ce n'est pas vrai. Et toi, il faut absolument que tu laisses tomber ton look « je me fous de mon look, parce que je suis parfait de toute façon ».

Elle rigole, et cette vision apaise un peu la douleur dans ma poitrine.

— Pourtant, c'est le cas, non ?

Je lui souris. Elle aussi porte ce look. Bien plus que moi, et sans même essayer.

Le portable de Tessa se met à vibrer sur la table. Elle se comporte de manière plutôt normale pour quelqu'un qui sait avoir été utilisée comme un jouet. Peut-être se comporte-t-elle ainsi exprès pour détourner mon attention, jusqu'à ce qu'elle puisse se jouer de moi et obtenir sa revanche.

Ou peut-être qu'elle ne sait vraiment pas ?

— C'est Landon.

Elle me confirme le nom que je vois s'afficher sur l'écran. Mon cœur cesse de s'emballer. Elle répond au téléphone et j'observe sa bouche pendant qu'elle parle. Elle mordille sa lèvre inférieure pendant quelques secondes et me dévisage des pieds à la tête.

Il faut que je trouve un moyen de l'empêcher de rester seule avec Steph. À partir de maintenant, j'ai besoin de garder un œil sur elle. J'ai été trop imprudent dans toute cette histoire. Il faut qu'elle reste en permanence à mes côtés.

— D'accord. Je vais faire mon possible pour le convaincre de mettre une cravate.

Inutile de demander de qui elle parle.

Elle presse sa main contre sa joue et pose son coude sur la table. Elle est adorablement directive. Mais une cravate ? Bonne chance, surtout !

Tessa lance un nouveau sujet de conversation avec Landon, mais mon attention dévie vers le centre du restaurant, où se tiennent Zed, Jace et Logan. Ils sont tous habillés d'une manière différente. Chacun d'eux essaie de renvoyer une image précise de son identité à travers ses vêtements. Logan est une sorte de punk BCBG avec un visage de bébé. C'est le moins vicieux des trois. Zed, c'est le grand brun ténébreux. Avec sa veste en cuir, on dirait un mannequin en plein défilé, même au milieu de ce centre commercial de moyenne gamme. Il est complètement déplacé. Jace ressemble à un délinquant, celui que toutes les adolescentes devraient fuir.

Je me lève, abandonnant mon plateau sur la table.

— Je reviens.

Dieu merci, elle est au téléphone, donc elle ne me suivra pas. Pas tout de suite du moins.

Logan se passe du baume sur les lèvres quand je les rejoins. Jace a un air terriblement suffisant sur le visage et Zed semble plutôt stressé.

— Je suis content de te voir, moi aussi.

C'est Logan qui parle en tapant du pied contre le lino pendant que Jace se marre, d'un rire hystérique et aigu. Tous les trois ont les pupilles dilatées, et de petites veines rouges strient leurs yeux. Ils sentent l'herbe et la vieille clope. Si Zed et Tessa s'embrassaient, aimerait-elle le goût de tabac sur sa langue ?

— Qu'est-ce que vous foutez là, les gars ?

Je guette Tessa du coin de l'œil.

— Où ça ? Dans un centre commercial ?

Je prends une grande inspiration et menace Jace en silence. S'il fait tout foirer aujourd'hui, je n'aurai aucun problème à lui faire mal.

— On traînait juste dans le coin.

Logan hausse les épaules et me regarde avec un air entendu. Il sait pourquoi je suis inquiet et me fait comprendre implicitement qu'ils ne sont pas là pour ça. Il insiste :

— Vraiment.

Je me détends un peu.

— Où est ton petit animal de compagnie ?

Jace tire la langue d'une manière répugnante.

Zed grince des dents tandis que Logan nous ignore et fixe l'écran fissuré de son iPhone.

— Oh ! Elle est là-bas.

Je suis à deux doigts d'étrangler Jace. Ce mec est de la pire espèce. Un peu comme mon ancien pote Mark qui prenait les gens pour des jouets mais ne ressentait aucun remords de ses actes de merde. *Je suppose que je suis pareil, pourtant,* je me dis en repensant au pari. D'autant qu'à la fin de ce jeu auquel notre groupe a participé, c'est moi qui ai remporté le prix.

— Arrête tes conneries !

Je m'avance vers lui, menaçant. Jace sourit d'une manière diabolique. Il adore voir que je suis troublé par sa faute. Il appuie là où ça fait mal pendant que nous parlons. Il le sait, je le sais, et bientôt Tessa le saura aussi.

— Elle vient par ici.

Logan continue de fixer son portable, mais nous prévient quand même de l'arrivée de Tessa. J'ai les mains moites. Mes ongles s'enfoncent dans mes paumes, mettant la peau de mes articulations à rude épreuve. Ils vont détruire ma vie maintenant, ici, dans ce centre commercial d'une ville pourrie des États-Unis.

— Salut, Tessa, comment tu vas ?

Zed se dirige vers elle pour la serrer dans ses bras. Je pourrais facilement les lui arracher.

Jace me fixe, un air amusé dans ses yeux injectés de sang :

— Hardin, tu ne me présentes pas ta copine ?

— Euh, si.

Je fais un geste de la main entre eux en comptant les secondes qui semblent durer une éternité.

— Tessa, une amie. Tessa, je te présente Jace.

Tessa fronce les sourcils de colère. Je regarde autour de moi, désemparé. Pourquoi est-elle énervée ? J'étudie son visage et attends qu'elle me regarde. Elle ne le fait pas et demande à Jace :

— Vous êtes à WCU ?

Pourquoi a-t-elle toujours besoin de faire parler les gens ? Il est évident qu'elle n'a pas l'habitude d'être en société. On dirait qu'elle n'a aucun savoir-vivre.

— Ah non, putain ! La fac, c'est pas mon truc.

Jace rigole tandis que Tessa se détend un peu.

— Mais si toutes les filles là-bas sont roulées comme toi, je veux bien reconsidérer ma position.

Tessa semble un peu effrayée, et je compte mentalement toutes les nuances de bleu que le visage de Jace pourrait prendre si je l'étranglais.

— On va sur les docks ce soir. Vous devriez venir faire un tour, tous les deux.

Faire un tour ? Va te faire foutre, Zed.

— Ce soir, ce n'est pas possible. Peut-être une prochaine fois.

Fin de la conversation.

— Pourquoi ce n'est pas possible ?

Jace me provoque clairement devant Tessa et Zed.

— Elle travaille demain. Je passerai peut-être dans la soirée. Seul.

Histoire de mettre les choses bien au clair. Cette situation ne se reproduira plus jamais. Ça sera difficile, mais je suis assez fou pour penser que je peux peut-être y arriver. Je gagne le pari, elle est à moi, et Zed peut aller brûler en enfer, pour le peu que j'en ai à foutre.

— Dommage.

Je lutte pour me contrôler. Jace se fout de moi en souriant à Tessa. Il agite au-dessus de ma tête le jeu diabolique auquel j'ai accepté de participer, comme si j'étais un petit rat devant un bon morceau de fromage.

— Ouais, je vous rejoindrai plus tard, en rentrant.

Je lui mens et réfléchis à ce que je vais bien pouvoir faire de lui, putain. Il est en train de tâter le terrain pour trouver le bon moment pour raconter le pari à Tessa… c'est le genre de cet enculé. Mais je sais que si je lui en parle, ça ne fera que l'encourager à ouvrir sa grande gueule ou, pire, ça lui donnera l'idée de le faire s'il n'y a pas déjà songé lui-même.

• ———— •

Tessa les fixe alors qu'ils s'éloignent tous les trois, son regard envoie des éclairs. Je ne dis pas un mot et la suis chez Macy's. Elle est folle de rage. Elle accélère le pas comme une gamine, une manière insupportable de marquer sa désapprobation et de faire sa crise de nerfs.

— Qu'est-ce que tu as ?

Rien ne va jamais avec elle. Je dis ou fais quelque chose qui ne faut pas, le chat d'un inconnu l'a regardée de travers… il y a toujours un truc.

— C'est toi qui me le demandes, Hardin ?

— Oui, je te le demande ! C'est toi qui as serré Zed dans tes bras il n'y a pas cinq minutes !

Je lui hurle dessus. Ses bras autour de Zed sont la seule chose à laquelle je peux penser maintenant, et c'est elle qui commence à me prendre la tête ?

— Tu as honte de moi ou quoi ? Je veux dire, je peux comprendre, je ne suis pas exactement une nana cool, mais je croyais...

Je ne comprends pas où elle veut en venir. Elle pense que j'ai honte d'être avec elle ? Pourquoi tire-t-elle toujours ce genre de conclusion ?

— Quoi ? Mais bien sûr que non, je n'ai pas honte de toi. Tu es folle ou quoi ?

Elle *est* vraiment folle. Nous le sommes tous les deux.

— Pourquoi m'as-tu présentée comme une *amie* ? Tu n'arrêtes pas de me demander de venir vivre avec toi et après tu dis à tes potes que je suis une *amie* ?

Elle hausse le ton un peu plus à chaque mot prononcé.

— C'est quoi ton plan ? Tu veux me cacher ? Je refuse d'être le secret de qui que ce soit. Si je ne suis pas assez bien pour que tes amis sachent que nous sommes ensemble, alors je préfère qu'on en reste là.

Comment puis-je la présenter autrement que comme une amie ? Elle va me haïr plus que son pire ennemi quand mon temps sera compté avec elle. Elle vaut tellement plus pour moi qu'un secret. Je n'essaie pas de la cacher. Je ne veux pas continuer à la dissimuler. Je veux la présenter fièrement et montrer à tous les connards qu'elle est à moi. Rien qu'à moi. Mais je suis trop con pour être en mesure de faire fonctionner les choses entre nous. Voilà pourquoi je suis obligé de cacher la plus belle chose, le seul trésor de toute ma vie. Je dois la planquer au lieu de la laisser s'éclore au soleil, et ça me tue.

— Tessa ! Bordel...

Je continue de la suivre. Elle jette un regard vers la cabine d'essayage dans le rayon femmes du magasin. Je la préviens :

— Je vais entrer avec toi.

Je suis sérieux. J'aimerais la suivre à l'intérieur de la cabine et la baiser contre le miroir.

Elle hausse les sourcils, les lèvres pincées. Elle sait parfaitement que je la suivrai. Je la suivrais dans les entrailles de l'enfer si elle me le demandait.

— Ramène-moi chez moi, tout de suite.

La ramener chez elle ? Tout ça à cause de cette stupide dispute ?

Tessa confirme sa position en s'élançant devant moi pour sortir du magasin. Une fois arrivés à ma voiture, j'essaie de lui ouvrir la portière, mais elle ne me laisse pas faire.

— Ça y est, tu as fini de faire ta scène ?

— Une scène ? Non, mais tu rigoles ?

Elle est hors d'elle maintenant.

— Je ne vois pas où est le problème, j'ai dit que tu étais une amie, et alors ? Ce n'est pas ce que je voulais dire. J'ai été pris au dépourvu.

Ce qui est à moitié vrai.

— Si tu as honte de moi, je ne veux plus jamais te voir.

Sa voix tremble. Elle essaie de retenir ses larmes. Je la connais assez maintenant pour savoir qu'elle est en train de planter ses ongles dans ses cuisses et que ses yeux gris sont remplis de larmes. De nouvelles larmes qui s'ajoutent à toutes celles que je lui ai déjà fait verser.

— Ne me dis pas ça.

Je passe ma main dans mes cheveux poisseux. J'ai envie de me les arracher, par poignées.

— Tessa, qu'est-ce qui te fait croire que j'ai honte de toi ? C'est complètement ridicule, putain !

Je n'ai aucune raison d'avoir honte d'elle ; ça devrait même être le contraire. Pour mes amis, elle n'est qu'une blague ; chaque putain de moment que j'ai passé avec cette fille va désormais être réduit à néant. J'en suis responsable, et elle va s'en rendre compte tôt ou tard. Et il n'y a rien que je puisse faire pour stopper ce train en marche qui s'apprête à briser ma vie en mille morceaux, une fois de plus. Je venais tout juste de commencer à la reconstruire et j'ai tout foutu en l'air.

— Amuse-toi bien à ta fête, ce soir.

Elle continue à faire la tête.

— Arrête ! Je n'y vais pas. J'ai dit ça juste pour que Jace laisse tomber.

Ce qui est vrai. Je n'ai pas envie d'aller à une stupide fête. J'ai envie de rester enfoncé entre les cuisses de Tessa toute la nuit.

— Si tu n'as pas honte de moi, alors emmène-moi à cette fête.

J'aurais dû me douter qu'elle balancerait ça. Tout est un jeu pour elle, tout.

C'est moi qui décide, putain.

— C'est hors de question, bordel !

• ———— •

Évidemment, nous sommes allés à cette putain de fête. Theresa Young a obtenu ce qu'elle voulait, une fois de plus.

Plus les jours passent et plus je me conforte dans mon propre mensonge, bien plus que je veux bien l'admettre. Je fais semblant de ne pas voir que tout est en train de s'effondrer doucement, que ces petits morceaux de tout ce qui nous retient ensemble sont en train de s'effriter un peu plus à chaque minute où je garde le silence. Je ne peux pas lui dire. Je ne peux pas ouvrir la boîte de Pandore et la laisser nous détruire. La vérité va nous anéantir ; il n'y a pas d'autre issue possible. C'est inexorable. Aussi inexorable que mon amour pour Tessa.

— Bien… bienvenue chez nous !

Je hurle dans l'appartement quand l'agent immobilier nous laisse enfin seuls. J'ai cru qu'il ne partirait jamais. Tessa rigole en couvrant sa bouche du dos de sa main tandis que je m'avance vers elle. Je la prends dans mes bras et remercie le Ciel de me permettre de passer encore un peu de temps avec elle avant qu'elle ne me soit arrachée. Je mérite bien un peu de bonheur tant que c'est encore possible, non ?

Je n'arrive pas à croire que nous habitons là maintenant. Ça semble tellement irréel.

Ses grands yeux sont curieux, excités et pleins de vie comme jamais je ne les ai vus depuis que je l'ai rencontrée. Je lui ai offert sa liberté dans un grand élan de générosité. Je lui ai donné un bel appartement dans lequel elle peut être elle-même. La version d'elle que personne ne juge et dont personne n'exige rien. Sa mère n'est pas là pour lui dire de se brosser les cheveux, ni Steph pour trouver des moyens pervers de lui faire du mal.

— Si quelqu'un m'avait dit il y a deux mois que je vivrais avec toi, et même que je sortirais avec toi, j'aurais pu éclater de rire ou lui mettre mon poing dans la figure.

Je souris et prends son visage entre mes mains. Elle est si chaude, ses joues si brûlantes d'excitation.

— C'est pas gentil, ça !

Elle me prend par la taille et se serre contre moi. Sa tête est lourde sur ma poitrine. Elle est mon ancrage. Je ne me rappelle pas que ma vie ait jamais été si parfaite. Je suis en train d'occulter complètement la catastrophe qui fonce droit sur moi, mais, à cet instant, ma vie est parfaite.

C'est un soulagement d'avoir notre espace à nous. Finies les fêtes, les colocs et les douches collectives.

Mon cœur bat contre sa joue, et je me demande si elle peut sentir ma paranoïa grandissante.

— Notre lit à nous !

Je tente l'humour pour masquer mon angoisse.

— On va avoir besoin de quelques trucs, comme de la vaisselle, par exemple.

Plus il y a de choses ici, plus ce sera difficile au moment de partir. Putain, je suis coincé dans ce mensonge et je suis en train de la ligoter tout en parlant.

Cette fille merveilleuse ne me pardonnera jamais. Jamais.

J'y réfléchirai plus tard. Je trouverai un moyen.

Elle pose sa main sur mon front en le pressant légèrement.

— Tu te sens bien ? Tu te montres incroyablement coopératif aujourd'hui.

Son humour sarcastique me fait l'aimer encore plus.

Je porte sa main à mes lèvres et la couvre de baisers.

— Je veux simplement être sûr que tout te convient ici. Je veux que tu te sentes chez toi… avec moi.

Et c'est ce que je ressens. Je ne me suis jamais senti autant chez moi que depuis que Tessa a signé les papiers pour emménager ici avec moi. Me réveiller avec son alarme insupportable tous les jours est devenue la chose dont j'ai le plus besoin, quelque chose qui me manquait sans même le savoir.

— Et toi ? Est-ce que tu te sens chez toi, ici ?

Sa voix est pleine d'espoir. Un espoir précaire, pourtant… elle s'attend à ce que je donne une réponse cruelle sur notre vie à deux. Je peux le voir dans ses yeux ; elle est pleine d'espoir, mais s'attend au pire venant de moi parce que c'est toujours ce qu'elle récolte.

— Aussi surprenant que ça puisse paraître, oui.

Je lui réponds franchement en essayant de sonner aussi juste que possible. J'aime vraiment cet endroit, avec elle.

— On devrait aller chercher mes affaires.

Puis elle enchaîne en parlant des livres et des vêtements dont je me suis déjà occupé. Je souris.

— C'est déjà fait.

Elle penche la tête, en pleine confusion.

— Quoi ?

— J'ai apporté toutes tes affaires, elles sont dans le coffre de ta voiture.

Je ne pouvais tout simplement pas attendre. Je voulais qu'elle voie cet endroit et n'en parte jamais. J'ai besoin qu'elle ne parte jamais d'ici, il fallait donc qu'elle soit confortablement installée tout de suite.

— Comment tu savais que j'allais signer ? Et si j'avais détesté cet appart ?

Elle lève vers moi un visage plein de curiosité et de défi.

— Je savais que si celui-ci ne te plaisait pas, j'en trouverais un autre.

Elle acquiesce en réalisant que je suis très sérieux.

— Ok… et tes affaires à toi ?

— On s'en occupera demain. J'ai des vêtements de rechange dans mon coffre.

— Oui ? D'ailleurs, comment ça se fait ?

— Je n'en sais rien. Je suppose qu'on ne sait jamais quand on peut en avoir besoin. Il vaut mieux être prévoyant.

Elle est curieuse, si curieuse. Je garde des vêtements dans mon coffre pour plein de raisons ; elle n'aimerait pas connaître la plupart d'entre elles.

— On va faire des courses ? On a besoin d'un tas de conneries pour la cuisine et d'un peu de nourriture pour préparer le dîner.

Au moment où nous sortons dans le hall, Tessa se tourne vers moi :

— Ok. Tu me laisses conduire ta voiture ?

— Je ne sais pas...

Je la taquine. Évidemment qu'elle peut la conduire.

PARTIE III

Après

10

Il était finalement devenu l'homme qu'il n'aurait jamais cru pouvoir être un jour. Il canalisait sa colère à travers l'écriture et commençait à se sentir fier de lui. Elle était l'unique raison qui l'avait amené à emprunter cette voie-là et il se serait agenouillé devant elle pour la remercier, chaque seconde de sa vie, s'il l'avait pu. Elle resta à ses côtés jusqu'à ce que ça devienne trop destructeur pour eux deux. Puis elle lui donna du temps pour apprendre à régler seul ses problèmes. Mois après mois, elle l'encouragea dans ses choix et lui donna toujours l'envie de se battre pour avancer.

Durant cette période, chaque mois où il réussissait à rester sobre, il recevait une carte dans sa boîte aux lettres, à l'ancienne, avec son nom et un cœur. Il la connaissait assez pour savoir qu'elle vivait mal les longs mois qu'ils passaient séparés l'un de l'autre. C'était l'enfer pour elle et un purgatoire sans fin pour lui.

Quand les mots manuscrits de son journal devinrent des lignes sur des pages imprimées, elle n'appela pas de toute la semaine. Il savait qu'elle avait lu le livre et il était sûr qu'elle avait passé tout son temps à faire les cent pas dans le petit appartement qu'elle partageait avec son frère à lui. Entre-temps, lui avait déménagé et se familiarisait avec une nouvelle ville venteuse, hérissée d'immenses buildings où l'on trouvait des hot-dogs et où on parlait base-ball à chaque coin de rue. Il ne se sentait pas chez lui, mais elle venait lui rendre visite plus souvent qu'il le méritait. Les jours défilèrent ainsi, à travailler, à attendre un appel ou un email d'elle, à planifier la prochaine fois qu'il la verrait. Plus il devenait digne d'elle, et plus il commençait à aimer l'homme qu'il voyait chaque matin dans le miroir.

Quand ladite semaine s'acheva et qu'elle finit par l'appeler, sa voix se brisa dès les premiers mots qu'elle prononça, et il ne sut quoi lui répondre. Il voulait qu'elle comprenne que jamais deux personnes n'avaient autant été faites l'une pour l'autre. Elle le félicita pour son livre, mais avec une froide distance. Il commençait à se lasser et à se demander si ce serait ça, sa vie : seul dans son appartement en étage élevé, à manger des plats tout prêts en regardant des rediffusions des épisodes de *Friends*.

Quelques semaines plus tard, son cœur s'emballa quand elle l'appela pour lui dire qu'elle viendrait lui rendre visite, car elle devait assister à un mariage dans sa ville. Elle dansa avec lui toute la nuit puis resta contre son corps, dans son lit, pendant trois jours…

Jusqu'à ce qu'elle parte, emportant son cœur avec elle.

À son tour, il alla la voir, dans cette ville effervescente qu'est New York City. Il fut impressionné par la nouvelle vie qu'elle y menait, mais la place qu'il occupait dans son ancienne vie lui manquait. Pour elle, tout se passait plutôt bien là-bas, avec ses amis et sa famille. Quant à lui, il entretenait une vie imaginaire avec elle et ne faisait qu'attendre sa venue pour en faire une réalité. Elle était son seul espoir d'avoir une belle vie, aussi il continuait de lui prouver qu'il était devenu une meilleure personne qu'auparavant. Bien meilleure. Plus vivante.

À un moment donné, quand son évolution commença à transparaître de diverses manières dans son attitude avec les autres, alors vinrent aussi de plus lourdes responsabilités. Son frère souffrait d'un chagrin d'amour, et il s'assura d'être présent pour lui, de lui parler et de l'aider à traverser cette mauvaise passe. De différentes façons, plus ou moins importantes, il se sentit utile pour sa famille.

Son frère lui demanda d'être témoin à son mariage. Elle était là, rayonnante d'amour pour lui, et ils comprirent ensemble, avec un immense bonheur, que le temps de leur séparation était arrivé à terme. Ils étaient deux adultes à présent, mieux armés pour affronter le monde ensemble. Il avait cessé d'être égoïste ; elle avait compris qui elle était. Leur séparation leur avait fait du bien, et maintenant, ils étaient prêts à commencer leur vie ensemble.

Ensemble, ils souffrirent de peines de cœur – bien plus fortes que toutes celles qu'ils s'étaient infligées mutuellement les années précédentes – et parfois, ils ne savaient pas s'ils pourraient poursuivre leur relation. Le jour le plus sombre de tous fut celui où il jeta les affaires de la chambre préparée pour l'enfant qu'ils venaient de perdre. Il se demanda s'il avait été puni, si ses erreurs passées étaient la cause de la disparition qu'ils devaient endurer.

Le jour de la naissance de son premier enfant fut une nouvelle naissance pour lui aussi. Ressuscité, vivant de nouveau. Il avait parcouru tant de chemin et avait tellement changé. Ensemble, ils avaient atteint un niveau d'amour à la fois plus grand et plus profond. Comprendre les choses lui devenait possible. Les doigts de sa fille étaient minuscules, mais elle les avait enroulés autour de son cœur. Il observa la fille qu'il avait aimée pendant des années devenir une femme, puis la mère de *son* enfant. Il n'y avait rien de plus beau…

Jusqu'au moment où elle devint mère pour la seconde fois, de leur petit garçon.

Alors que leurs enfants grandissaient, cet homme nouveau et sa femme... se sentaient plus jeunes quelque part, retombant amoureux chaque jour, encore et encore.

Il se sentait tellement chanceux, si béni, si incroyablement fier de la vie qu'ils avaient construite ensemble ; il n'arrivait pas à croire quel putain de veinard il était.

• ——— •

Zed

Chaque roman a sa propre vision du héros romantique. La plupart d'entre eux utilisent d'ailleurs cette métaphore classique, dont nous avons tous fini par nous lasser : le triangle amoureux. Wickham a menti au sujet du père de Darcy pour gagner l'affection d'Elizabeth. Jay Gatsby a invité et enivré Daisy Buchanan, lui offrant une vie que son mari, Tom, ne pouvait lui procurer. Linton était le choix raisonné de mon héroïne préférée, Catherine Earnshaw, qui l'a choisi après avoir mené une vie de passion destructrice avec Heathcliff. Même un loup-garou bronzé et musclé a tenté de remporter le cœur de la toujours-très-spirituelle Bella Swan face à un vampire amoureux à paillettes.

Ce schéma a été exploité des milliards de fois et puisqu'il l'avait vécu à travers ces histoires, il trouva amusant de se retrouver lui-même dans son propre triangle amoureux. Dans son histoire à lui, le mauvais-garçon-qui-voulait-devenir-un-saint, malgré un père à problèmes, tente de garder éloignée le plus possible la vierge innocente et bornée du garçon sensible et branché qui cherche à sauver toutes les fleurs et la planète en l'espace d'une journée. Les grands classiques se terminent souvent par la mort précipitée de la plupart des personnages ou par la naissance de bébés à moitié vampires. Mais ils ont tous un fil conducteur : l'un des deux hommes n'a carrément aucune chance. Et en ce qui concernait sa relation avec elle, il ne savait pas si le fait qu'elle tienne beaucoup à lui signifiait qu'il gagnerait à la fin.

Pourtant, ils ont quand même du mérite, ces autres mecs qui reviennent dans la partie après avoir perdu face à l'incontestable élu.

• ——— •

Une autre fête. Une autre de ces fêtes pleines à craquer où tout le monde fait toujours exactement la même chose, juste un jour différent. Les boissons coulent à flots dans les gobelets rouges, et la musique résonne de chambre en chambre. Chaque nouvelle personne que j'ai croisée dans le couloir avait l'air de se faire encore plus chier que la précédente. Je trouve donc bizarre que cette soirée de début d'année soit plus bondée que l'an dernier. D'où viennent tous ces gens ? Se sont-ils lassés d'eux-mêmes au point de vouloir se raccrocher à un groupe d'autres personnes pour se donner l'illusion d'avoir une vie sociale excitante ? Je commence à comprendre que la vie à l'université ne tient qu'à ça. Celle de Washington est très différente de là où j'ai grandi, en Floride, mais les universités se ressemblent toutes où que vous soyez. Je m'adosse contre le mur près de la porte de la salle de bains tout en me plaignant à voix haute :

— J'ai envie de pisser.

Quelques instants plus tard, une petite blonde aux cheveux ondulés sort de la salle de bains et passe près de moi en fixant le sol. Elle porte un t-shirt à manches longues qui tombe parfaitement sur les courbes de ses hanches, malgré son baggy trop large.

— Pardon.

Elle sourit au tapis par terre avant de me dépasser et de disparaître dans le couloir.

J'entre dans la salle de bains et ferme la porte. Le petit espace sent la vanille synthétique. C'est assez troublant. Je pisse donc rapidement, me lave les mains, ouvre la porte… et entre en collision avec une meute de filles. L'une d'entre elles me détaille de la tête aux pieds, les yeux écarquillés. Je peux pratiquement lire ce qu'elle pense. Elle ouvre la bouche pour parler, mais quand je regarde derrière elle, la blonde aux hanches de dingue se tient en haut des escaliers. Je l'observe chercher quelque chose dans sa poche arrière, mais ne rien en sortir. Elle passe sa langue sur ses lèvres et lève les yeux au ciel. On voit tout de suite qu'elle a du tempérament. J'ai mis un point d'honneur à ne pas chercher de relation avec qui que ce soit pendant un bon moment après l'histoire avec Tessa, et pourtant me voilà en train de me diriger vers la blonde. Je ne cherche rien de sérieux, mais une simple conversation décente à ce moment précis ne me déplairait pas.

Au moment où j'atteins le haut des escaliers, sa petite main s'enroule autour du barreau métallique d'une manière très délicate. Je fais quelques pas vers elle tandis qu'elle descend lentement et prudemment les marches bien qu'elle porte des baskets. Ses cheveux sont épais et descendent jusqu'au milieu de son dos. Je vois ses yeux parcourir la foule. Elle est très réceptive au monde qui l'entoure je peux le dire à sa manière de poser ses yeux sur chaque visage. Cherche-t-elle quelqu'un ? Je regarde ses dents s'enfoncer dans sa lèvre supérieure et décide de m'approcher. Le bas de son jean est roulé, et je distingue la forme d'une étoile près de sa cheville.

— Tu cherches quelqu'un ?

Quand elle tourne son visage vers moi, ses grands yeux marron, presque trop grands pour son visage, lui donnent un air un peu effrayé. Elle fronce les sourcils.

— Mes amis, mais je pense qu'ils sont partis.

— Oh. Tu veux que je t'aide à les retrouver ?

Elle continue de balayer la pièce du regard, puis derrière moi, et soulève tout à coup la casquette de base-ball d'un mec qui passe à côté de nous. Il râle, mais elle sourit d'un air gêné et semble un peu désemparée.

Je me demande pourquoi elle a fait ça.

— Mon ami John porte une casquette, lui aussi.

Je n'arrive pas encore à déterminer si elle est agressive ou juste timide, mais j'ai bien envie de savoir.

— Tu ne peux pas les appeler ?

— Non, mon portable est dans le sac de ma copine. Je ne voulais pas le prendre avec moi. Je savais que je n'aurais pas dû venir ici. Les fêtes, c'est pas mon truc.

Elle hausse le ton et commence à agiter ses mains dans tous les sens.

— Mais Macy m'a suppliée encore et encore. Elle m'a dit que ce serait drôle et qu'on ne resterait qu'une heure.

Avec un petit soupir de colère, elle fronce son nez et je mordille ma lèvre pour me retenir de rire.

Elle rougit, embarrassée.

— Quoi ?

— Rien.

Elle est vraiment mignonne.

— Tu veux boire quelque chose ?

— Je ne bois pas souvent.

Sa voix est douce.

— Pas souvent ou jamais ?

— Parfois, mais certainement pas aux soirées pleines de gens que je ne connais pas.

— Oui, je comprends.

Je souris pour lui faire comprendre que je trouve ça cool de ne pas ressentir le besoin de se mettre minable comme le reste des filles ici. Ou des mecs, d'ailleurs.

— Ce n'est pas comme si je ne pouvais pas m'amuser sans me défoncer.

— Ok.

J'acquiesce de la tête, je la trouve de plus en plus attirante.

— Eh bien, je peux t'apporter de l'eau ou un soda et tu peux rester avec moi et mes amis jusqu'à ce que tu retrouves les tiens ?

— Heu, je ne sais pas.

Elle regarde vers le salon plein d'inconnus.

— Je ne connais personne, et les fêtes comme celle-ci sont plutôt bizarres.

Son regard se pose sur deux mecs bourrés encerclant une bande d'étudiantes de première année en robes courtes.

Elle n'a pas tort.

Nate s'avance vers moi de l'autre bout de la pièce, et je regarde de nouveau cette fille intrigante.

— Écoute, sache que si tu ne veux pas rester ici toute seule, tu es la bienvenue pour te joindre à nous, là-bas.

Je lui montre le groupe et observe ses yeux s'agrandir en découvrant la centaine de tatouages que nous devons totaliser à nous tous. Je plaisante :

— Ils sont plus cool qu'ils en ont l'air.

Elle sourit et j'ajoute :

— Enfin, certains d'entre eux.

Elle me surprend en étouffant un petit rire, puis en me suivant quand je rejoins mon groupe de potes. Elle remercie poliment Tristan qui se lève pour lui céder sa place sur le canapé. Ça fait un bail que je ne l'ai pas vu, mais je suis content qu'il soit revenu de Louisiane, célibataire et officiellement remis de toutes ses conneries avec Steph.

— À notre dernière année dans cette putain d'université !

Il lève son gobelet et trinque avec Logan. Molly nous rejoint et s'installe sur ses genoux.

— Ben, pas pour moi… J'ai encore deux ans à tirer.

Il y a du regret dans la voix de Nate.

La fille avec qui il sort – Briana, je crois – lève les yeux au ciel, marmonne un truc grotesque genre je-la-joue-tragédienne et attrape son gobelet pour prendre une nouvelle gorgée.

— J'aurais dû faire une école de commerce. La fac, ça craint, putain.

Nate rejette la tête en arrière ; la fille l'observe avec amusement et, d'un ton de reproche, répond :

— Je t'avais dit de faire ce stage dans ce salon de tatouage.

Il lève les yeux au ciel et tire sur la petite bretelle qui retient le top de la fille ; on voit une trace plus claire sur sa peau brune, mais je suis sûr qu'elle n'en a rien à foutre.

— J'y songe encore.

Franchement, ça me semble être une bonne idée puisqu'il galère vraiment à terminer ses études.

Molly montre du doigt la fille rencontrée dans le couloir :

— Bref, assez parlé de ces plans de carrière à la con. Qui est-ce ?

— C'est…

Je la regarde pour qu'elle m'aide. J'ai oublié de lui demander son foutu prénom.

— Therise.

J'entends un petit accent que je n'avais pas remarqué plus tôt. Bon sang.

Molly se marre en s'appuyant contre Logan :

— Tu te fous de moi !

Jace fait un rictus tout en léchant les bords d'une feuille à rouler qu'il tient dans les mains :

— Joli prénom.

— Tu veux jouer à un jeu, Therise ? Défi ou Vérité ? Molly a pris cette voix que je lui connais trop bien. Elle me regarde et je secoue la tête en la fixant.

— Personne n'a envie de jouer à cette merde.

Therise est paumée. Elle semble anxieuse et légèrement mal à l'aise.

— Oh, allez. Je *parie* que ça sera marrant.

Jace continue et Molly acquiesce.

— Ouais, vu son look, tu peux peut-être gagner…

Logan met sa main devant la bouche de sa copine. Je n'arrive toujours pas à croire que ces deux-là soient ensemble.

— Ferme-la !

Elle roule des yeux mais obéit et reste silencieuse même quand il retire sa main de sa grande gueule.

— Ne comptez pas sur moi pour participer à un remake de l'année dernière. C'était trop dramatique.

Logan embrasse l'épaule nue de Molly. Elle sourit, pour de vrai cette fois et d'un air bien moins diabolique.

Therise me regarde en haussant un sourcil, puis observe chaque membre du groupe et leur comportement soudain incompréhensible.

— Que s'est-il passé l'année dernière ?

— Rien !

Je jette un œil à mes amis en espérant qu'ils ferment leur gueule. Je viens tout juste de rencontrer cette fille – c'est trop tôt pour la bombarder avec toutes ces conneries.

— Un mec qui s'appelle Hard...

Molly ne peut juste pas la fermer.

Logan s'énerve :

— On ne va pas encore reparler de Hessa[1] ! On dirait un couple de télé-réalité que personne n'est supposé mentionner.

La copine de Nate intervient :

— C'est quoi putain, Hessa ?

Molly lève fièrement la main et hurle :

— C'est moi qui l'ai trouvé ! J'ai les droits d'auteur de ce truc. J'ai trouvé un nom à ces tarés et j'espère bien qu'ils m'inviteront à leur mariage.

Elle se marre. Les pointes de ses cheveux sont d'un rose passé ; elle n'a pas dû refaire

1. Contraction de Hardin et Tessa.

sa coloration depuis un moment. Coupés au carré, ils sont presque blonds maintenant.

— Ils ne vont pas se marier.

J'en ai vraiment ras-le-bol d'entendre parler de ces deux-là. J'en ai marre de voir les statuts de Tessa sur Facebook. Elle est tellement heureuse à New York ; Hardin est tellement heureux ; tout le monde est tellement heureux, putain.

Hourra pour eux.

— Pas tout de suite, mais je parierais bien là-dessus. Et *moi* ? Je *gagnerai.*

Elle a dessiné au crayon noir de petits cercles autour de ses yeux, et quand elle cligne de l'œil, elle ressemble à un chat.

Logan en rajoute une couche en hochant la tête, l'air très sûr de lui.

Comme si ce mariage était une évidence pour *tout le monde.*

Molly lève la main pour obtenir le silence.

— Enfin bref, avant que vous arriviez tous, nous étions en train de revivre le grand récit de l'ex-petite amie de Zed.

— Elle *n'était pas* ma petite amie.

Je serre les dents.

Merde.

Qui a parlé ? Jace, peut-être ?

Therise se lève et fait craquer ses doigts maladroitement.

— Bon… C'est le moment où je m'en vais.

Elle a un sourire hésitant, puis s'éloigne.

Je dois avoir l'air peiné, agacé ou furieux – je ressens toutes ces émotions à la fois – parce que Logan claironne :

— Tu ferais mieux de la laisser partir ; tu risques juste de te faire un nouvel ennemi. Elle a sûrement un petit ami qui crèvera tes pneus.

Apparemment, mes potes ont décidé de me faire chier toute la semaine avec le lourd historique de mes erreurs passées.

Comme je m'attends à ce que ma vie amoureuse ne soit qu'un enchaînement de désastres, ma colère se trouve un peu atténuée. Je n'ai pas l'énergie de m'énerver, vraiment, surtout quand il s'agit encore et toujours de la même chose.

— Je ne savais pas que cette fille était fiancée, et je suis à peu près certain que c'était elle, et pas lui, qui m'a fait cette merde.

Je grince des dents en me souvenant de ce que Jonah Soto a fait à ma voiture. Ce mec ne devrait pas avoir un poste d'enseignant ici. Un vrai malade.

Nate hausse les épaules et prend une autre gorgée.

— Arrête de coucher avec des meufs que tu ne connais pas, alors.

— Ça fait plus d'un an, et comment j'étais censé savoir que son fiancé allait devenir prof ici ?

Ce week-end-là avait été un désastre. Si j'avais su que la fille était en boîte pour fêter son propre enterrement de vie de jeune fille, je ne serais pas rentré avec elle. Je veux dire, il y a une raison pour que la tradition impose qu'elles portent des boas en plumes adhésives, de faux diadèmes et cette écharpe sur laquelle on peut lire ENTERREMENT DE VIE DE JEUNE FILLE ou un truc dans le genre. C'est comme une vignette d'avertissement pour empêcher les mecs de faire quelque chose de stupide – ou les empêcher, elles, de faire quelque chose de stupide. L'écharpe est genre la première chose que tu dois enlever. Donc le fait qu'elle soit là devrait suffire à rappeler « ah ouais, elle va se marier ». Dans ce cas précis – c'était le lendemain.

C'était bien ma veine, la seule fois de ma vie où j'avais un coup d'un soir, voilà le résultat. (J'ai sans doute amené mes amis à croire à une version globalement exagérée de ma vie sexuelle, mais ils n'ont pas besoin de savoir.) Le mec était cool, plus que je ne l'aurais été jusqu'à ce qu'il essaie de me faire virer du programme de sciences et se batte pour empêcher Hardin de se faire virer. Personne n'avait l'air de se demander pourquoi un jeune professeur prenait la défense d'un fauteur de troubles qu'il ne connaissait même pas. C'était des conneries, mais à la fin de la journée, j'étais content qu'Hardin ne soit pas exclu.

— Vous êtes qui pour raconter de la merde sur moi, de toute façon ? – j'agite mon bras vers le groupe – parce que Molly ici présente a baisé avec la moitié d'entre vous.

— Fais attention à ce que tu dis.

Tout le monde se crispe à la menace de Logan.

Mais plutôt que de m'engueuler avec lui, je choisis d'aller rattraper la nouvelle fille.

Je ne la connais pas, mais elle a l'air cool et elle est vraiment canon. Oui, elle me rappelle Tessa, et oui, il m'a fallu beaucoup de temps pour m'en remettre, et peut-être que c'est une mauvaise idée – mais n'est-ce pas le cas pour la plupart des choses ?

Tout ça tourne dans ma tête. Je me lève pour la retrouver.

Je ne voulais pas que la situation avec Tessa en arrive là. Je tenais à elle, oui, mais je me suis fait rattraper par ma jalousie stupide et mon besoin mesquin de me venger d'Hardin qui avait couché avec Samantha. J'aimais vraiment beaucoup Tessa, mais mes sentiments pour elle n'étaient rien, comparés à ce que Hardin ressentait pour elle.

Samantha était extraordinaire ; elle était drôle et un peu plus âgée que moi. Ça m'excitait, mais elle était sauvage. Depuis que cette histoire avec Tessa est finie, j'ai souvent pensé que sa relation avec Hardin était identique à celle que j'avais avec Samantha. Mais Samantha a couché avec Hardin et ne voyait pas où était le problème. Elle s'est comportée comme si c'était un truc normal à faire, coucher avec l'un de mes potes. Lui s'en foutait aussi, bien sûr.

Mais moi, je ne m'en foutais pas. J'étais anéanti et furieux, et j'ai laissé ces sentiments grandir en moi, en attendant le bon moment pour me venger. Tessa me faisait confiance, même après mon implication dans le pari. Je suis celui qui lui a donné tous les détails, et elle est toujours venue vers moi quand elle en avait besoin. C'était le problème justement : elle ne venait vers moi que lorsqu'il l'envoyait promener, et ça, ça ne me convenait pas. Je n'avais pas envie d'être sans cesse le second choix. De toute façon, il y avait trop de tension pour moi. Et une fois la satisfaction d'atteindre Hardin passée, ça devenait éreintant de continuer de venir à son secours et d'être témoin de leur relation immature.

J'aurais dû la laisser seule dès que son psychopathe de copain m'a frappé, la première fois. Au contraire, sa colère n'a fait que m'inciter à continuer et à gagner. Pourquoi aurait-*il* pu coucher avec Samantha, participer au pari, puis une fois que tout allait bien, que tout était en ordre, décider que le jeu était fini, que *je* devais m'arrêter de m'en préoccuper ?

C'était si immature. Je m'en rends compte à présent. Je n'aurais pas dû aller dans la maison de sa mère cette nuit-là, et je n'aurais pas dû dire la moitié des conneries que j'ai dites. Ma stupidité fait que je suis célibataire depuis, et ça fait plus d'un an que je n'ai plus entendu parler de Tessa. Ce qui est triste, c'est que ça me manque de parler avec elle.

J'ai entendu dire qu'elle avait déménagé à New York City avec son ami Landon. Mais je sais qu'Hardin ne tardera pas à la suivre là-bas. Bien que je déteste l'admettre, il y a quelque chose de spécial entre eux. Aussi tarés qu'ils soient, je n'ai jamais vu deux personnes se battre autant l'une pour l'autre. C'est clair qu'Hardin ne la mérite pas, mais ce n'est pas à moi de m'en mêler. Plus maintenant.

Je sors et inspecte le jardin pour retrouver Therise. Je la repère perchée sur le muret de pierres fissuré, ce qui me rappelle un autre souvenir. Elle ramasse des petits morceaux du muret, et quand je m'approche d'elle, elle sursaute.

— Attends.

Je lève ma main en signe de paix.

— Je peux t'aider à retrouver tes amis ou quelqu'un pour te raccompagner.

— Je ne sais pas.

Elle m'observe avec méfiance, cherchant peut-être les signes d'un *serial killer* sur mon visage.

— Je veux seulement te raccompagner à la maison. Mes amis sont de grandes gueules, mais aucun d'eux ne te fera jamais de mal. Je viendrai avec toi si tu veux. J'ai bu, donc je ne peux juste pas conduire.

Je lève un sourcil ; elle secoue la tête.

— Waouh, donc le punk beau gosse aurait de la jugeote finalement.

Elle sourit en se moquant gentiment de moi.

— Parfois.

Je me penche vers elle pour lui serrer la main.

— Je m'appelle Zed.

Elle hésite pendant un moment avant d'accepter ma main.

— Enchantée, Z…ed.

Elle prononce mon nom comme si elle avait peur de l'avaler.

— Enchanté, aussi, Therise.

Landon

Il détestait ce garçon parfait avant même de l'avoir rencontré. Quand son père lui annonça qu'il allait avoir un nouveau frère, c'était comme si tout le monde s'attendait à ce qu'il se réjouisse de cette nouvelle. Tout à coup, il était censé s'intéresser à des choses comme la famille, les dîners et les pâtisseries pour être à la hauteur du nouveau fils de son père.

Quand il fit la connaissance de cet autre garçon, sa haine ne fit que s'intensifier. Il savait qu'il n'avait aucune raison de le haïr si ce n'est de la pure jalousie, mais il le détestait quand même. Il ne connaissait pas le nom des athlètes, ne suivait pas le sport comme le nouveau fils de son père et il n'arrivait pas à charmer les invités pendant les dîners. Il savait qu'il ne pouvait pas rivaliser avec le garçon, mais alors que sa vie changeait, il comprit qu'il n'avait jamais vraiment eu besoin de le faire. Il mena une lutte acharnée – bien trop acharnée – pour garder ses distances avec l'Enfant Roi qui, finalement, deviendrait son meilleur ami.

· ——— ·

Les trois premières pensées qui me traversent l'esprit chaque jour sont :

C'est moins bondé ici que je ne l'aurais cru.

J'espère que Tessa ne travaille pas aujourd'hui pour que l'on puisse traîner ensemble.

Ma mère me manque.

Oui, je suis bien en deuxième année à l'université de New York, mais ma mère est l'une de mes meilleures amies.

Ma maison me manque beaucoup. Ça m'aide d'avoir Tessa ; elle est le lien qui me rapproche le plus de ma famille ici.

Je sais ce que font habituellement les étudiants ; ils partent de leur maison, ils ont hâte de quitter leur ville natale, mais pas moi. Il se trouve que j'aime la mienne, même si je n'y ai pas grandi. J'avais un plan au moment de m'inscrire à NYU ; il n'a juste pas fonctionné comme je l'avais espéré. J'étais censé emménager ici et commencer ma future vie avec Dakota, ma petite amie de longue date, depuis le lycée. Je n'avais juste pas pensé une seconde qu'elle déciderait de passer cette première année à l'université en célibataire.

J'étais anéanti. Je le suis toujours, mais je veux qu'elle soit heureuse, même si ce n'est pas avec moi.

Il fait un temps frisquet dans cette ville au mois de septembre, mais il ne pleut pratiquement jamais, comparé à Washington. C'est déjà ça.

Sur le chemin du travail, je vérifie mon portable, comme je le fais une cinquantaine de fois par jour. Ma mère est enceinte de ma petite sœur, je veux donc m'assurer de pouvoir prendre un avion et me rendre là-bas le plus vite possible s'il se passe quoi que ce soit. Jusqu'à présent, les seuls messages que j'ai reçus d'elle sont des photos des plats incroyables qu'elle concocte dans sa cuisine.

Ce n'est pas un cas d'urgence, mais bon sang, ce que ses petits plats me manquent.

Je me fraye un chemin dans les rues bondées et patiente au passage piéton avec une foule de gens, principalement des touristes avec de lourds appareils photo autour du cou. Je ris discrètement quand un adolescent brandit un iPad géant pour se prendre en selfie.

Je ne comprendrai jamais ce réflexe.

Quand les lumières virent au jaune et que le signal du passage piéton commence à clignoter, j'augmente le volume de ma musique.

Ici, mes écouteurs sont vissés à mes oreilles pratiquement toute la journée.

La ville est tellement plus bruyante que je l'avais imaginé. Ça m'aide d'avoir un truc pour m'en protéger un peu et qui transforme ce vacarme en une musique que j'aime.

Aujourd'hui, c'est Hozier.

Je porte même mes écouteurs en travaillant dans une oreille du moins, comme ça, je peux toujours entendre les hurlements des clients qui commandent leur café. Aujourd'hui, je suis un peu distrait par deux hommes habillés en tenue de pirate en train de se crier dessus, et, alors que j'entre dans le magasin, je bouscule Aiden, le collègue que j'apprécie le moins.

Il est grand, bien plus grand que moi, avec des cheveux blonds, presque blancs ; il ressemble à Drago Malfoy, ce qui me fait un peu peur. Au-delà de cette ressemblance avec Drago, il lui arrive parfois d'être grossier.

Il est sympa avec moi, mais j'ai bien vu sa manière de reluquer les étudiantes qui viennent au Grind. Il se comporte avec elles comme s'il était dans une boîte de nuit, pas dans un café.

Il leur sourit, flirte, et elles se tortillent de gêne devant son regard de « beau gosse ». Je trouve ça assez répugnant. Il n'est pas si beau, en fait ; peut-être que je le verrais autrement s'il était plus gentil.

— Fais gaffe, mec.

Aiden me donne une claque sur l'épaule comme si nous traversions ensemble un terrain de football américain, les maillots de la même équipe sur le dos.

Il est en train de battre son record de lourdeur aujourd'hui…

Je me dirige vers le fond du magasin pour m'éloigner de lui, puis attache mon tablier jaune autour de la taille et consulte mon portable. Après avoir pointé, je tombe sur Posey, une fille que je dois former pendant plusieurs semaines. Elle est sympa. Discrète, mais bosseuse. J'aime qu'elle prenne toujours les cookies gratuits qu'on lui offre chaque jour comme motivation pour rendre les heures de travail un peu moins pénibles. La plupart des apprentis n'en veulent pas, mais elle, elle en a mangé un chaque jour de la semaine en testant de nouvelles saveurs : chocolat, noix de macadamia, sucre et un mystérieux arôme verdâtre que je pense être un produit local, naturel et sans gluten. Adossée contre la machine à glace, je la salue en lui adressant un sourire.

— Hé !

Ses cheveux sont plaqués derrière les oreilles. Elle est en train de lire ce qui est indiqué sur le dos d'un sac de café moulu. Elle lève les yeux vers moi, m'adresse un furtif sourire poli, puis retourne à sa lecture.

— C'est insensé qu'ils vendent quinze dollars un si petit truc de café.

Je rattrape de justesse le paquet de café qu'elle m'a lancé, au point qu'il me glisse presque des mains, mais je finis par l'empoigner fermement.

— *Nous*…

Je la corrige en rigolant et repose le sachet sur la table où elle l'a pris.

— *Nous* vendons.

— Je ne travaille pas ici depuis assez longtemps pour me sentir concernée par le « nous ».

Puis, elle attrape un bandeau enroulé autour de son poignet et le fait glisser sur ses cheveux bouclés auburn. Elle en a une de ces masses ! Elle les attache soigneusement, puis me fait signe qu'elle est prête à se mettre au travail.

Posey me suit dans la salle et attend près de la caisse. Cette semaine, elle s'entraîne à prendre les commandes des clients et apprendra sûrement à préparer les boissons bientôt. Prendre les commandes, c'est ce que je préfère. Je préfère de loin parler aux gens plutôt que de me brûler à chaque fois les doigts sur cette machine à expresso.

Je suis en train d'arranger mon poste quand la cloche au-dessus de la porte sonne. Je jette un œil à Posey pour vérifier qu'elle est prête et, bien sûr, elle est déjà à mes côtés, parée à accueillir les accros au café du matin. Deux filles s'approchent du comptoir en discutant bruyamment. L'une des deux voix m'interpelle. Je regarde alors dans leur direction et aperçois Dakota. Elle porte une brassière de sport, un short ample et des baskets claires. Elle doit terminer sa course à pied ; si elle avait l'intention d'aller à un cours de danse, elle serait habillée un peu différemment. Elle porterait une combinaison moulante et serait tout aussi belle. Elle l'est toujours.

Dakota n'est pas venue depuis plusieurs semaines ; je suis surpris de la trouver là. Et ça me rend nerveux ; mes mains tremblent, et je me retrouve à appuyer bêtement sur l'écran de l'ordinateur. Son amie Maggy me voit la première. Elle tapote l'épaule de Dakota qui se tourne vers moi, un grand sourire aux lèvres. Son corps est recouvert d'une légère couche de sueur, et ses boucles brunes sont relevées sauvagement en chignon sur le haut de sa tête.

• ———— •

— J'espérais que tu travaillerais, dit-elle en me saluant d'abord, puis Posey.

Elle l'espérait ? Je ne sais pas quoi penser. Je sais que nous nous sommes mis d'accord pour rester en bons termes, mais je n'arrive pas à savoir si c'est juste une conversation entre amis ou plus que ça.

— Hé, Landon.

Maggy me salue aussi. Je souris aux deux et leur demande ce qui leur ferait plaisir de boire.

— Un café glacé avec un supplément de crème, me répondent-elles en duo.

Elles sont habillées quasiment à l'identique, mais Maggy paraît fade à côté de la peau dorée comme un caramel et les yeux bruns lumineux de Dakota.

Je me mets en mode automatique, attrape deux gobelets en plastique et les plonge dans le bac à glace pour récolter des glaçons. Puis je prends la carafe de café déjà prête et verse son contenu dans les gobelets. Je sens le regard de Dakota sur moi. Je me sens plutôt mal à l'aise, et quand je remarque que Posey m'observe aussi, je réalise que je pourrais – *je devrais,* certainement – lui expliquer ce que je suis en train de faire.

— Tu n'as qu'à verser le café sur la glace ; il a été préparé la veille pour être froid et pour ne pas faire fondre la glace.

Ce que je lui raconte est vraiment élémentaire, et je me sens presque débile de dire ça devant Dakota. Nous ne sommes pas du tout en mauvais termes – nous ne sortons simplement plus ensemble ni ne parlons comme nous avions l'habitude de le faire avant. J'ai parfaitement compris qu'elle mette un terme à nos trois ans de relation. Elle était à New York

City avec de nouveaux amis, dans un nouvel environnement, et je ne voulais pas la retenir. J'ai donc tenu ma promesse et suis resté ami avec elle. Je la connais depuis des années et tiendrai toujours à elle. Elle était ma deuxième petite amie, mais la première vraie relation que j'ai eue jusqu'à présent. Auparavant, j'ai passé un peu de temps avec So, une femme de trois ans plus âgée que moi, mais avec qui je ne suis qu'ami. Dakota a été super avec Tessa aussi. Elle l'a aidée à trouver un job dans le restaurant dans lequel elle bosse actuellement.

— Dakota ?

La voix d'Aiden couvre la mienne au moment où je leur demande si elles veulent que j'ajoute de la crème fouettée. C'est ce que je fais avec mes propres cafés.

Perplexe, j'observe Aiden qui se dirige vers le comptoir et saisit la main de Dakota. Il soulève sa main dans les airs, et elle tournoie devant lui avec un grand sourire.

Puis elle me jette un regard, s'écarte de quelques centimètres et lui dit d'une manière plus neutre :

— Je ne savais pas que tu travaillais ici.

Je pose mon regard sur Posey pour ne pas m'incruster dans leur conversation, puis fais mine de consulter les emplois du temps sur le mur derrière elle. Elle peut être amie avec qui elle veut, ça ne me regarde pas vraiment. Aiden lui répond :

— Je pensais l'avoir mentionné hier soir.

Je tousse pour détourner l'attention du son étranglé que je viens de laisser échapper.

Heureusement, personne ne semble l'avoir remarqué. Sauf Posey, qui fait de son mieux pour cacher un sourire.

Je ne regarde pas Dakota, même si je sens qu'elle est mal à l'aise ; en réponse à Aiden, elle rigole de la même manière que l'a fait ma grand-mère en ouvrant son cadeau de Noël l'année dernière. Ce mignon petit bruit... Dakota rendait ma grand-mère si heureuse quand elle éclatait de rire devant les chants ringards du poisson en plâtre sur sa fausse planche de bois. Quand elle rigole de nouveau, je sais qu'elle est, pour le coup, *vraiment* mal à l'aise. Cherchant à rendre cette situation moins embarrassante, je lui tends les deux cafés avec un sourire et lui dis que j'espère la revoir bientôt.

Avant qu'elle ait pu répondre, je souris de nouveau et m'éloigne vers le fond de la boutique en montant le volume de mes écouteurs.

J'attends que la cloche sonne de nouveau pour signaler le départ de Dakota et Maggy, mais je comprends que je n'arriverai probablement pas à l'entendre à cause du match de hockey de la veille qui se joue dans mes oreilles. Même avec une seule oreillette, le bruit de la foule en délire et les claquements des crosses couvriraient le son d'une vieille cloche en cuivre. Je retourne dans la salle et trouve Posey, dépitée, face à Aiden en train de frimer en lui vantant ses compétences à produire de la vapeur de lait. Le nuage de vapeur qui monte devant ses cheveux blonds-blancs lui donne un air étrange.

— Il m'a dit qu'ils étaient à l'école ensemble, dans cette académie de danse.

Posey chuchote quand j'arrive près d'elle.

Je m'immobilise et lève les yeux vers Aiden qui semble ailleurs, probablement perdu dans son propre monde merveilleux.

— Tu le lui as demandé ?

Je lui pose la question, impressionné et un peu inquiet de ce qu'il a pu lui dire au sujet de Dakota.

Posey secoue la tête et attrape un gobelet en métal pour le rincer. Je la suis jusqu'à l'évier, puis elle ouvre le robinet.

— J'ai vu ta réaction quand il lui a pris la main, donc j'ai pensé que je devais simplement lui demander ce qu'il y avait entre eux.

Elle hausse les épaules, ce qui fait bouger son épaisse chevelure bouclée.

Ses taches de rousseur sont plus claires que la plupart de celles que j'ai vues et éparpillées sur le haut de ses joues et sur son nez. Ses lèvres sont pulpeuses – avec une petite moue – et elle fait presque ma taille. Ce sont des choses que j'ai remarquées lors du troisième jour de formation, quand mon intérêt pour elle s'est enflammé, je suppose l'espace d'un instant. Je me confie à ma nouvelle amie en lui tendant une serviette pour essuyer le gobelet :

— Je suis sorti avec elle pendant un moment.

— Oh, je ne pense pas qu'ils sortent ensemble. Elle serait folle de sortir avec un Serpentard.

Quand Posey sourit, mes joues s'enflamment et je rigole avec elle.

— Tu l'as remarqué, toi aussi ?

Je glisse le bras entre nous et attrape un cookie menthe pistache pour le lui offrir.

Elle sourit, me prend le cookie des mains et en mange la moitié avant même que j'aie eu le temps de revisser le couvercle sur la boîte.

Christian

Les liens qui unissent une famille sont censés être indéfectibles. Nous sommes supposés aimer nos parents, nos frères, nos sœurs et tous les autres membres de notre famille simplement parce que le même sang coule dans nos veines.

Quand il était petit, il s'interrogeait beaucoup là-dessus. Devait-il aimer l'homme qui rentrait en titubant et dont la lourde voix le réveillait régulièrement la nuit alors qu'il avait école le lendemain ? L'homme sur qui il trébuchait en entrant dans le salon, affalé là, contre le socle de la cheminée, tentant péniblement de retirer ses chaussures ? Le petit garçon se tenait caché derrière le mur et observait l'homme se débattre et tomber sur le sol. Puis il se hâtait de retourner dans sa chambre en évitant de justesse la chaussure que l'homme lançait contre le mur, frôlant sa tête de peu.

Il détestait ces nuits et comptait les jours jusqu'à ce que l'ami très souriant de sa maman revienne à la maison. Il rêvait que l'ami de sa maman soit son papa. Peut-être que cet autre homme l'emmènerait avec lui, avait-il l'habitude de se demander. Il se souvenait de cet homme, toujours un livre sous le bras. Il parlait des livres avec le garçon, lui en racontait les intrigues. Il le faisait se sentir intelligent et plus grand.

Il se souviendrait toujours du premier livre que l'homme lui avait offert. Ce livre devint rapidement le premier véritable ami du garçon. En grandissant, il constata que l'ami de sa maman venait de moins en moins souvent et qu'il lui manquait, tout comme ses livres, pendant ses longues périodes d'absence. Cependant, même pendant les années rebelles de l'adolescence, quand l'homme arrivait, il avait toujours un livre avec lui. Le garçon savait que sa maman aimait son ami, mais il ne se doutait pas que toute sa vie dépendait d'un mensonge.

•———•

La maison est silencieuse. Je jette un œil à Kim, endormie sur le canapé, et à Karina allongée sur son ventre ; les petites mains de la fillette sont agrippées au pull de sa maman. Kim s'est endormie en lui parlant de moi et de mon accent. Elle racontait à la petite fille qu'elle aurait la plus adorable des voix, un mélange entre les douces sonorités de sa maman et l'accent diabolique de son père. « Diabolique », disait-elle. Elle peut parler ! Elle est la femme la plus têtue et la plus diabolique du monde entier. Et je l'aime comme un fou.

Kimberly, qui fut ma secrétaire avant de devenir mon associée, a un vrai don pour repérer les talents. C'est peut-être la raison pour laquelle elle m'a épousé. Ou alors, c'est juste qu'elle adore vraiment, mais vraiment beaucoup, mon fils, Smith. C'est difficile de faire autrement.

Une pile de papiers est posée devant moi sur le comptoir : c'est un contrat pour le restaurant de New York que nous ouvrirons l'année prochaine. Aussi excitant que ce projet puisse être, il n'est rien comparé à mon bébé. Désormais, mes investissements dans les restaurants s'étendent de Washington à New

York en passant par Los Angeles. Mais c'est sans comparaison avec le bonheur de voir ma fille grandir, chose que je n'ai pas eu la chance de faire avec mes autres enfants.

Je regarde de nouveau ma femme ; elle ronfle plus fort que d'habitude. J'en profite alors pour faire un truc adorable et affectueux, la filmer avec mon portable. Le contrat attendra demain. Ma femme me manque. Je l'observe respirer ; le bruit qu'elle produit est épouvantable.

J'appuie sur « enregistrer » et, doucement, me dirige vers le canapé. En moins de cinq secondes, elle ouvre les yeux, remarque immédiatement le téléphone dans ma main, et tout à coup, je me sens con d'avoir perturbé son temps de sommeil alors qu'elle en a si peu en ce moment.

Mon amour murmure d'une voix douce et endormie :

— Tu n'es pas censé travailler ?

Puis elle étire son bras au-dessus de sa tête en gardant ses yeux rivés sur Karina.

— Oui, ma chérie, mais t'emmerder est bien plus amusant.

Je rigole, et elle donne un coup de pied dans ma direction. Karina s'agite sur sa poitrine et ouvre ses petits yeux ronds pour observer ses odieux parents.

— Voilà, tu as réussi, me réprimande Kimberly avec un sourire.

Elle s'assied tout en soulevant Karina. Je tends les bras vers ma fille et, délicatement, Kim installe le paquet tout doux dans mes bras.

— Ma merveilleuse petite fille.

Je parle doucement à Karina en enfonçant mon nez contre sa petite joue rebondie. Elle bâille dans un sourire et, à cet instant, elle me ressemble incroyablement. Smith et Hardin ont eux aussi cette petite fossette qui apparaît quand ils sourient.

Je me souviens d'Anne et Ken discutant des prénoms pour le petit garçon qui allait naître, une nuit où nous étions debout dans la cuisine. Le ventre de Trish était si gros qu'elle ne pouvait même plus faire ses lacets. Ken avait proposé :

« J'aime bien Nicholas ou Harold. »

Harold ? Non.

Nicholas. Encore moins.

Trish avait souri tendrement en passant ses mains sur son ventre :

« Harold. J'aime assez. »

Admettons. Je ne *détestais* pas ce prénom, ça ne sonnait simplement pas juste. Ce garçon, dans le corps de Trish, était robuste. Il lui donnait des coups toute la nuit et grandissait si vite qu'il détendait sa peau à en craquer. C'était un bagarreur, ce gosse… le prénom Harold – *Harry* – était trop doux, trop calme. J'étais intervenu avant que Ken ne puisse dire quoi que ce soit :

« C'est trop commun. Que pensez-vous d'Hardin ? »

C'était le prénom que je souhaitais donner à mon premier enfant alors que je n'étais encore qu'un ado. Quand j'étais plus jeune à Hampstead, je pensais que j'écrirais un jour un super-roman dont le personnage principal s'appellerait Hardin. Un prénom peu commun, mais très conventionnel pour la vieille Angleterre.

Trish l'avait prononcé à voix haute pour sentir comment il sonnait sous la langue.

« Hardin. Je ne suis pas sûre… »

Mais quand elle avait regardé son mari – de qui j'étais si jaloux à cet instant – , il avait simplement haussé les épaules, indifférent mais essayant de paraître courtois. Calmement, il avait répondu :

« Ça sonne bien. »

Ses épaules s'étaient soulevées de nouveau, et Trish avait fait un immense sourire.

« Hardin ?… Hardin.

— Nous avons donc le prénom. »

Ken avait semblé visiblement soulagé.

Trish n'avait l'air ni étonnée ni dérangée par son attitude désinvolte alors qu'ils choisissaient le prénom de leur premier fils. Or, c'était important pour moi, et je savais que ça l'était aussi pour Trish.

Je me disais que Ken aurait dû s'en préoccuper plus que ça, mais il était à l'université et avait beaucoup de travail. À l'époque, je lui trouvais des excuses. Il étudiait beaucoup, et les rumeurs disaient même qu'il avait commencé à sniffer de la coke pour préparer ses examens. Ses pupilles étaient anormalement dilatées, mais il devait beaucoup réviser, je comprenais ça. Qui étais-je pour le juger ? Mais je savais qu'il avait échoué à tenir le rôle du père parfait auprès du petit bonhomme, sans doute avait-il essayé, longtemps avant que le môme soit là. Ça me dérangeait plus que ça n'aurait dû, vu la situation dans laquelle je m'étais mis.

VINGT ANS PLUS TÔT…

Le soleil est brûlant et ardent pour un mois d'avril à Hampstead. Trish est allongée près de moi dans l'herbe. Le vent fouette ses épais cheveux bruns sur mon visage, ce qu'elle trouve être le moment le plus divertissant des seize dernières années de sa vie. La plupart du temps, elle est plutôt mature pour son âge, notamment quand elle développe ses théories sur les dirigeants de ce monde. Mais à ce moment précis, on dirait qu'elle a onze ans. Je repousse les cheveux de son visage pour la vingtième fois. Alors que je m'écarte d'elle de quelques centimètres, je lui demande effrontément :

— Tu n'étais pas censée couper cette énorme tignasse ?

La semaine dernière, elle avait annoncé qu'elle voulait couper ses cheveux court pour prouver, quelque chose, mais je ne sais plus quoi au juste.

Le parc d'Hampstead Towne est presque désert aujourd'hui, et le rire de Trish résonne entre les arbres qui encerclent notre carré d'herbe. Nous nous retrouvons ici souvent, même si, la plupart du temps,

Ken manque nos rendez-vous car il est trop occupé.

— Je l'avais envisagé, mais c'est bien trop amusant finalement.

Trish rapproche son corps du mien et fouette de nouveau mon visage de ses cheveux bruns. Ils ont une odeur de fleurs et de menthe. C'est un parfum qui m'attire toujours. Son corps est collé contre mon flanc, et elle passe sa jambe au-dessus de la mienne.

Je devrais l'enlever, mais je ne le fais pas. C'est trop agréable.

— Et si les bébés naissaient avec de longs cheveux ?

Sa question sort de nulle part, mais ce n'est pas du tout surprenant. Trish Powell est réputée pour ses fameuses questions. *Et si ceci ? Et si cela ?* C'est son truc. Je trouve ça bizarre et cool à la fois. Elle est tellement différente des autres filles de mon école – même les filles de notre université ne sont pas comme elle. Sa chevelure sauvage est la première chose que j'ai remarquée quand je l'ai rencontrée, et maintenant il semblerait que ce soit mon plus gros problème, ce mardi après-midi.

— Avons-nous vraiment séché les cours pour parler de bébés qui sortiraient du ventre de leurs mères avec des coupes de rocker ?

J'ouvre les yeux et roule sur le ventre pour avoir une meilleure vision d'elle. Elle a plein de taches de rousseur. J'ai envie de les relier entre elles du bout des doigts puis de la voir battre des cils et fermer les yeux de plaisir.

— Non, je suppose que non.

Elle rigole, et je suis son regard vers l'ombre qui s'approche de nous. Je vois les yeux de Ken s'illuminer quand il dévisage Trish.

Elle lui renvoie son sourire tandis qu'il se fraye un chemin à travers les hautes herbes, et Ken ressemble soudain à quelqu'un qui vient de gagner à la loterie. Je ne sais pas si elle se rend compte de quelle manière il la regarde. Je l'ai toujours remarqué – mais j'ai pris l'habitude de prétendre que ça ne me faisait rien.

Tout le monde sait que, de nous deux, c'est lui le meilleur.

Le soleil commence à me brûler la peau. Je me lève et pose ma main sur mon front pour faire de l'ombre.

— Je vais y aller, j'ai un rencard.

Je passe mes mains sur mon short en jean. En voyant leur teinte brune sur mon jean délavé, je m'émerveille encore d'avoir autant bronzé cet été. Trish me le fait remarquer presque tous les jours. Sûrement parce que nous passons beaucoup de temps ensemble.

Trish lève les yeux au ciel et nous murmure quelque chose d'assez coquin à tous les deux. Le rouge monte légèrement aux joues rebondies de Ken. Ses cheveux commencent à devenir longs et assez filasses dans le cou. Des cernes sombres encerclent ses yeux marron à force d'étudier pour préparer l'examen d'entrée de son école de droit. Ken Scott est le meilleur étudiant de nos promos respectives à Trish et à moi ; je ne sais pas comment quelqu'un comme lui a fini par devenir notre meilleur ami. Je suppose que Trish est meilleure étudiante que moi. Elle est à la fois le soleil et la vague, rayonnante comme un feu d'artifice et froide comme de la pierre. Elle sait lâcher quand il le faut mais aussi faire preuve de ténacité et d'intelligence dans d'autres circonstances. J'ai toujours aimé ça chez elle.

— Je peux te parler une minute ?

Je me lève quand Ken m'interroge et se rapproche un peu de moi ; il me dépasse de quelques centimètres. J'acquiesce et attends qu'il engage la conversation, mais en voyant son regard rivé sur Trish, je comprends qu'il veut que nous soyons seuls. D'un petit geste, je lui fais comprendre que je suis prêt à le suivre, nous avançons de vingt mètres, près d'un vieux banc en métal. Il s'assied le premier et tapote l'espace vide à côté de lui.

Il a l'air si sérieux, devrais-je m'inquiéter ? Un jeune couple passe à côté de nous, main dans la main. Ken attend qu'il s'éloigne, et mes inquiétudes redoublent jusqu'à ce qu'il parle enfin.

— Je voulais te parler de quelque chose.

Ses sourcils se froncent, le faisant paraître bien plus vieux que ses dix-sept ans.

— Tu n'es pas mourant au moins ?

Je lui donne un petit coup d'épaule, et il se détend un peu. Il secoue la tête.

— Non, non. Rien à voir avec ça.

Un bruit entre le rire et le ricanement nerveux sort de sa bouche.

Qu'est-ce qui peut bien le stresser à ce point ? J'aimerais juste qu'il crache le morceau. D'une traite, il lâche :

— Je-veux-demander-à-Trish-de-devenir-ma-femme.

À présent, je souhaiterais lui enfoncer ses paroles au fond de la gorge, ou pire encore, qu'il *s'étouffe* avec. Ok, peut-être pas quelque chose d'aussi affreux, mais n'importe quoi d'autre. Tout sauf ça.

— De devenir ta… quoi ?

Je lutte pour ne pas me décomposer.

Ken roule des yeux.

— Ma femme, imbécile.

J'ai envie de lui dire qu'il ne peut pas l'avoir, que ce n'est pas juste que ce soit lui qui lui demande en premier. *Laisse-la choisir,* j'ai envie de lui dire. *Elle est censée être à moi depuis toujours,* j'ai envie de lui balancer. Au lieu de quoi, je lui dis :

— Pourquoi me le dire à moi ?

Mon ami se rassied sur le banc et pose ses mains sur ses genoux.

— Je voulais juste m'assurer…

Les mots semblent retenus dans sa gorge.

Et dans ce silence, soudain, je comprends que je suis coincé. Je dois choisir entre être honnête avec mon meilleur ami ou le rendre heureux. Impossible de faire les deux.

Je me fends d'un sourire et choisis son bonheur plutôt que le mien.

Je ne suis pas surpris quand Trish accepte la demande de Ken, mais je mentirais si je disais que je ne m'étais pas accroché au faible espoir que, peut-être, elle m'aimait aussi. Mais elle aime encore plus la stabilité, et l'année suivante, je me force à penser à Trish uniquement comme à la fiancée de mon meilleur ami.

Parfois, quand ils s'embrassent devant moi puis qu'ils se détachent l'un de l'autre, je la surprends à me regarder, comme pour avoir mon approbation. Je m'accroche à une faible lueur d'espoir, ce qui rend mon année extrêmement difficile. Quand je baise, je pense à elle. Quand j'embrasse quelqu'un, j'ai son goût dans la bouche.

Je dois arrêter.

Au début, c'est plutôt facile. Je cesse de comparer toutes les filles avec qui je sors à elle. Elle cesse de glisser sa main dans la mienne quand nous discutons. Je commence à voir le monde sous un autre angle, maintenant que je ne la vois plus comme l'ancre de ma vie. Elle ne me retient plus ici. Plus rien ne me retient.

Je me sens désormais à l'étroit à Hampstead. Je le sais. Trish le sait. Même la boulangère du coin se pose des questions sur mon comportement ces derniers temps, et sur le fait que mes petites excursions hebdomadaires pour acheter des sucreries se sont réduites à zéro.

Soudain, j'aspire davantage à découvrir le monde qu'à rester vivre dans cette ville. J'ai envie d'aller aux États-Unis, loin des esprits fermés de mes camarades qui n'ont aucun projet d'avenir – et encore plus, loin de mes deux amoureux préférés. En un instant, je suis devenu la cinquième roue du carrosse dans notre petite bande, entre Ken, Max et leurs femmes. J'ai envie d'en apprendre plus sur le monde, sur les gens en général, et je ne peux pas m'enterrer ici. Tout le monde autour de moi est déjà bien enraciné. Ils ont ouvert des comptes en banque et choisi une université locale. Je vois d'ici leur ambition s'arrêter net au moment de prendre leur premier job, le même que celui d'un de leurs parents. Ils se confortent dans ce rôle et n'ont jamais essayé d'en chercher un autre.

Trish est devenue l'une d'entre eux. Autrefois étudiante passionnée par les arts, elle n'assiste pratiquement plus à aucun cours aujourd'hui. Elle et Ken ont emménagé dans un petit appartement près de la fac de droit, pour gagner du temps. Dernièrement, il ne ressemble plus à rien tellement il travaille. Chaque fois que je le vois, il est derrière une pile de livres. Désormais, Trish tient plus le rôle de mère que celui de femme pour lui. Elle programme ses alarmes chaque soir, s'assure que ses vêtements sont propres et disposés sur son lit le matin, lui prépare son café, son petit déjeuner et son repas du midi. Elle l'attend le soir à la maison, le nourrit de bons petits plats chauds et, en retour, Ken l'ignore, lui préférant ses livres. Chaque jour, le même scénario fastidieux se répète en boucle. Elle n'est plus la fille en fleurs d'autrefois qui aimait prendre des risques. Elle est une femme qui attend, surmenée et en manque de sommeil. Grâce à ses efforts, le petit appartement est toujours propre, et elle a même réussi à lui donner du charme. Trish a recueilli un chaton errant et l'a surnommé Gat, comme l'un de mes personnages préférés. Je suspecte Ken de se foutre royalement de cette créature, comme du nom qu'elle lui a choisi.

Elle joue de moins en moins à son jeu des « Et si… » de l'époque que j'adorais, et exprime de plus en plus ce qui s'apparente à de l'anxiété chronique. Elle ne s'adonne plus à ses envolées fantaisistes qui nous amusaient tant ; au lieu de ça, elle s'inquiète à chaque instant, et je ne suis plus pour elle un compagnon de jeu dans un champ d'herbes mais quelqu'un qui doit la rassurer, même si je ne tiens pas la première place dans son cœur.

Malgré tout, elle garde son humour – et je prie Dieu chaque nuit pour qu'elle ne le perde pas complètement. Plus je passe la voir et plus elle semble se consumer. Je fais l'effort de lui rendre visite chaque semaine, puis deux fois par semaine, comme elle me le demande. Ken s'absente de plus en plus longtemps, laissant leur maison de plus en plus vide. Elle partage ses craintes avec moi et chuchote ses questions les plus sombres dans l'obscurité de la pièce. Je prétends avoir toutes les réponses, et en tant que bon ami du couple, je l'encourage à partager ses peurs avec son mari.

Je suis rapidement amené à regretter cette décision. Une nuit, l'une des rares où Ken est à la maison et n'étudie pas, nous sommes tous les trois assis autour de la table de la cuisine, un verre de whisky à la main. Pendant une conversation assez embarrassante où nous essayons de nous tenir au courant de nos vies mutuelles, Ken remplit de nouveau son verre, sans s'embêter à mettre des glaçons – il ne le fait plus jamais.

Trish lâche un grand soupir, se lève et se dirige vers le petit salon pour s'asseoir sur l'accoudoir du canapé.

— Et si le monde entier tenait sous une cloche en verre dans la chambre d'un enfant extraterrestre, comme une sorte de fourmilière ?

Je jurerais que l'accent de Trish s'intensifie chaque fois qu'elle boit.

— Quelle question tordue !

Je renifle, et le whisky brûle mes narines. Ken ne sourit pas, les coins de ses lèvres ne se redressent même pas légèrement. Je me lève pour m'étirer et pour ne pas être seul assis à cette table avec lui.

— Très bien. Et si le monde s'éteignait demain, nous prouvant à tous que nous perdons notre temps à travailler si dur et à dormir si peu ?

Ses yeux luisent dans la pièce sombre. Gat grimpe sur ses genoux, elle passe ses doigts dans sa fourrure couleur de feu.

Je réfléchis à sa question. Si je mourais demain, saurait-elle à quel point je souffre pour elle ? À quel point je l'aime ?

Ken finit par rire, mais la remarque qui suit n'est pas ce à quoi je m'attendais.

— *Travailler dur ?* Comme si tu y connaissais quelque chose !

Il sourit franchement maintenant, la tête inclinée en arrière d'une manière sinistre, les mains s'appuyant sur la table. Trish prend une profonde inspiration et Gat semble sentir la menace. Je ne les ai jamais vus se disputer, mais si c'est le cas, je serais du côté de Trish. Le chat saute sur le sol et s'éloigne en se dandinant dans le couloir. Je devrais le suivre – je devrais partir et rester en dehors de ça – mais je ne peux pas.

Ken porte son verre à ses lèvres et avale le reste de la liqueur brune.

— Pardon, mais je n'ai pas dû bien entendre.

Trish serre les dents.

J'ignore la manière dont mes mains tremblent sous la table quand il se lève et commence à hausser le ton. J'ignore mon envie de le plaquer et de le secouer jusqu'à ce qu'il se réveille de l'état de mort-vivant dans lequel il est ces derniers temps. Un état dans lequel il se met à lui crier dessus, à l'insulter et hurler des choses terribles à son sujet. J'ignore la façon dont mon estomac s'embrase comme un volcan quand elle le gifle. J'ignore la manière dont ses larmes brûlent la peau de mes bras quand je la tiens contre moi sur le canapé, après qu'il est sorti faire un tour, complètement soûl, à conduire quelque part alors qu'il est incapable de marcher droit

Mais après qu'il s'en est allé comme un ouragan, sans même prendre la peine de se retourner quand je l'appelais, je suis content qu'il soit enfin parti.

— Et s'il ne revenait pas ?

Les lèvres de Trish tremblent tandis qu'elle commence enfin à se calmer, sa tête sur ma poitrine.

— Et s'il revenait ?

Elle soupire et serre mes mains dans les siennes.

Je baisse les yeux sur elle, et mon cœur se serre. Elle est si belle. Même quand ses lèvres sont rouges d'avoir été mordillées et que ses yeux sont gonflés de larmes.

Elle est calme maintenant. Ses yeux sont rivés sur mes lèvres.

— Et si je me trompais sur l'homme que je pensais connaître ?

Trish pose cette question à toute vitesse, et la suivante la suit de près.

— Et si je préférais avoir de l'attention plutôt qu'une vie stable ?

Elle semble agitée, elle passe ses doigts dans son épaisse chevelure brune. Puis elle se tourne vers moi en redressant les épaules.

— Et si je confondais l'amitié avec l'amour ? Tu penses que c'est ce que nous faisons, Ken et moi ?

Elle baisse les yeux vers mes mains qui se posent sur elle sans même que je le réalise.

— Je ne sais pas.

Je retire mes mains pour les passer dans mes cheveux, puis m'enfonce de nouveau dans le canapé. J'ai confondu amitié et amour en choisissant l'amitié au détriment de mes sentiments pour Trish, et maintenant, mes meilleurs amis ont construit une vie ensemble. Le problème qu'ils affrontent n'est pas un manque d'amour mais un manque de temps. C'est tout. Il l'aime, et si elle m'aimait moi, il y a longtemps qu'elle me l'aurait dit.

Elle s'agenouille près du canapé, juste pour pouvoir me toucher. Sa main passe dans mes cheveux pour les repousser en arrière.

— Et si ce n'était pas si simple ?

Se doute-t-elle de ce que je ressens pour elle ? Est-ce la raison pour laquelle elle s'approche de moi, un peu plus près, alors que sa poitrine se soulève à chaque inspiration ?

Lorsque son visage se retrouve à moins d'un centimètre du mien, elle me regarde droit dans les yeux.

— T'arrive-t-il de penser à moi, parfois ?

Notre haleine est chargée de whisky, bien que nous ayons beaucoup moins bu que Ken. Et voilà, je mentionne Ken, encore ; c'est comme si sa présence envahissait cet appartement. Lui peut sentir sa poitrine sous ses mains. Il peut caresser la peau blanche de son ventre, ses cuisses. Ses lèvres touchent les siennes. Il peut la goûter…

Et jamais ça ne m'arrivera, jamais. Je lui réponds :

— Je ne devrais pas...

Mais je serais idiot de ne pas penser à ses hanches fines et à sa peau parfaite. Je l'ai vue grandir, et fantasmer sur elle faisait partie de mes habitudes quotidiennes.

Trish est satisfaite de ma réponse. Je le vois à sa manière de se lécher les lèvres tout en fixant les miennes, à la façon dont sa bouche s'entrouvre légèrement. Est-ce que ça veut dire qu'elle a déjà... eh bien, pensé à moi ? Pour quelle autre raison me poserait-elle cette question ?

Quand son regard se plante dans le mien, puis de nouveau sur ma bouche, je sens toute raison et tout self-control m'abandonner. J'enfonce ma main dans ses cheveux et écrase mes lèvres contre les siennes. Je prends sa bouche doucement, goûtant sa langue, ses lèvres. Elle est à moi à cet instant, et nous en profitons tous les deux. Rapidement, elle devient plus impatiente, plus directe dans ses mouvements. Elle me plaque au sol, puis monte à califourchon sur moi. Dans son regard, je lis un profond soulagement quand elle fait de nouveau glisser sa langue dans ma bouche. Je gémis en soulevant mes hanches pour rencontrer les siennes. Je bande et je veux qu'elle le sente.

Ses doigts enlacent les miens, puis les guident entre ses jambes. Me montrer à quel point elle est mouillée l'excite follement ; elle est prête à avouer son désir pour moi. Je suis prêt aussi et le lui montre en écrasant mon bassin contre le sien ; elle pousse un râle et me supplie d'aller plus loin.

Pouvons-nous…

— Et si on nous surprenait ?

Elle s'écarte de moi une seconde.

Je ne sais pas si ça me dérangerait plus que ça finalement.

— Et si on ne nous surprenait pas ?

Cette question s'adresse à elle-même. Puis elle coupe court à d'autres potentielles interrogations en introduisant sa langue entre mes lèvres et en déboutonnant mon pantalon. Sa main glisse à l'intérieur pour empoigner mon membre, et je me fonds en elle. Toutes mes craintes – être surpris par un Ken fou de rage, savoir qu'elle ne m'appartient pas et le stress qui m'envahit quand je pense à la laisser seule ici – se sont évanouies en un clin d'œil. La seule chose à laquelle je pense c'est m'enfoncer en elle, la sentir tout entière à moi.

Je fais glisser mon pantalon en même temps que mon boxer. Sa bouche me goûte, sa langue m'explore et lèche mes veines gonflées jusqu'à la base. Elle ferme les yeux et savoure de me prendre en entier dans sa bouche humide, jusqu'au fond de sa gorge, puis elle se retire. Elle commence à se détendre quand elle s'active sur moi d'une manière rapide bien que très efficace. Elle me donne du plaisir comme si c'était la dernière fois qu'elle me goûtait. C'est vrai, elle ne le fera plus. Alors, je lui demande :

— Allonge-toi, face à moi, les jambes écartées. Je veux te regarder.

Je dois la contempler intensément pour qu'elle reste à jamais gravée dans ma mémoire. Trish se déplace au milieu du tapis, traînant la table basse en bois sur le côté. Elle se déshabille rapidement, mais je m'en fiche car l'observer le faire est le plus important. Sa longue robe en coton tombe à ses pieds, et ses doigts sont déjà en train de dégrafer son soutien-gorge blanc tout simple. Mes yeux suivent les courbes de son corps ; ses tétons se durcissent quand mon regard se pose sur eux. Son ventre est ferme ; les muscles de son buste se cambrent plus bas, au niveau de ses hanches.

J'ai des palpitations et je me sens lourd quand je la rejoins. Elle est allongée sur le tapis, écartant grand les jambes pour moi. Mon membre se dresse violemment entre nous, j'effleure sa chatte mouillée. Je jurerais pouvoir sentir à quel point elle est étroite. Je m'approche plus près, me colle à elle et commence à la remplir doucement. Putain, j'ai l'impression de m'enfoncer dans un gant de velours quand je la pénètre, dans un mouvement de va-et-vient. Jamais je ne pourrai m'arrêter. Je suis déjà complètement accro à elle et j'en veux davantage. Les yeux de Trish se révulsent de plaisir, et je sais que je ne vais pas pouvoir me retenir très longtemps. Je m'enfonce profondément en elle à longs coups de reins et elle enroule ses cuisses autour de ma taille. Elle est en train de jouir, « si violemment », gémit-elle en agrippant mes bras pendant que je la baise plus fort encore. Je me répands en elle, en espérant que ce ne soit pas la première et la dernière fois que je pourrai posséder son corps de cette manière. Je sens sa respiration saccadée contre mon épaule. J'embrasse l'empreinte mouillée laissée par ma langue sur son cou.

Quelques minutes plus tard, nous revenons à la réalité dans un tumulte de bras et de jambes endoloris, de sueur et de souffles courts. Trish est assise sur le sol, les jambes croisées. Je suis assis sur le canapé, essayant de garder mes distances autant que possible.

— Et si nous ne pouvions plus nous arrêter ?

Elle pose d'abord son regard sur moi, puis vers la table de la cuisine.

Je ne sais pas trop quoi faire. Je ne sais pas ce que je veux ni ce qu'elle veut. Je ne sais pas ce qui est possible, alors bêtement je lui réponds :

— Nous n'avons pas le choix, je pars le mois prochain.

Même si elle le sait – même si elle m'a aidé à réserver mon billet d'avion – , elle tourne subitement la tête vers moi, comme si elle apprenait cette nouvelle pour la première fois.

Puis, sans dire un mot, elle hoche la tête, et nous ressentons tous les deux un déferlement de culpabilité, de soulagement et de perte, pour quelque chose que nous n'avons jamais vraiment eu.

· ———— ·

LE MERVEILLEUX PRÉSENT…

Ken était mon ami – je dirais même mon ami le plus proche – et j'étais complètement obsédé par sa femme. J'aimais la folie de cette femme et le feu qui brûlait en elle. Elle était stimulante et brillante – mes faiblesses. Ce que nous faisions était inacceptable, elle le savait. Elle le savait, mais c'était plus fort que nous. Nous étions coincés, victimes d'un mauvais timing et de mauvais choix. Chaque fois que je m'effondrais, épuisé et haletant sur son corps nu, j'essayais de me convaincre que ce n'était pas de notre faute. Nous ne pouvions juste pas nous en empêcher, on n'y pouvait rien. C'était la faute de l'univers, des circonstances de cette situation.

J'ai été élevé ainsi. Plus jeune, on m'avait enseigné que rien n'était de ma faute. Mon père avait toujours raison, même quand il avait tort, et il avait appris à son fils aîné à raisonner de la même manière. J'étais un enfant pourri gâté, excepté par l'argent. En compagnie de mon père, j'ai appris à devenir arrogant. Mon père n'a jamais reconnu aucune de ses erreurs, il n'a jamais eu besoin de le faire. J'ai appris que dans la vie il y aurait toujours quelqu'un sur qui rejeter la faute. Puis j'ai essayé d'être un père différent, un meilleur père.

Kimberly me dit que je fais du bon boulot. Elle m'encense bien plus que je le mérite, mais je prends ce qu'elle me donne. Il lui arrive aussi de me critiquer, parfois – son vocabulaire est alors pire que celui de mes potes de fac après avoir descendu tout un pack de bières bon marché.

— Tu peux mettre Karina au lit, je t'attends.

Kimberly m'embrasse sur la joue, me donne une petite claque sur les fesses tout en me faisant un clin d'œil et sourit malicieusement en se dandinant vers la chambre.

J'aime cette femme.

Karina fait un petit rot dans son sommeil, alors je tapote doucement son dos avec ma main. Elle lève une de ses petites mains et agrippe la mienne.

Je n'arrive toujours pas à croire que je suis père de nouveau. Je suis vieux maintenant. Des zones grises commencent à apparaître ici et là dans mes cheveux.

Après que Rose avait décédé, nous laissant seuls Smith et moi, je ne m'attendais pas à avoir d'autres enfants. Ni à découvrir que j'en avais déjà eu un autre. Pire encore, de la manière dont les choses avaient démarré, je ne m'attendais pas à avoir un fils de vingt et un ans dans ma vie, un homme qui serait comme un ami. Hardin fut mon plus grand regret comme ma plus grande joie. Je m'inquiétais beaucoup pour son avenir. Tellement que je l'ai embauché aux éditions Vance, juste pour m'assurer qu'il aurait un job.

Ce que je ne savais pas, c'est que c'était un putain de génie. Il avait tant de difficultés à l'adolescence que je pensais qu'il gâcherait tout ou qu'il finirait sa vie avant même qu'elle n'ait vraiment commencé. Il était toujours tellement en colère. Ce petit merdeux a fait vivre un calvaire à sa pauvre mère.

J'ai observé Hardin, jeune garçon seul et perturbé, devenir un brillant auteur de best-sellers et un avocat pour les enfants défavorisés. Je n'aurais pas pu rêver mieux pour lui. Smith s'inspire d'Hardin sur tous les plans, à l'exception, évidemment, de ses tatouages, sujet sur lequel ils adorent se disputer. Smith les trouve kitsch et Hardin adore lui montrer chaque nouveau tatouage qu'il arrive, on se demande comment, à intégrer à ceux qu'il a déjà.

Je baisse les yeux vers ma beauté endormie dans son berceau et, alors que j'éteins la lampe de chevet sur la commode, je fais la promesse silencieuse à cette douce et précieuse petite fille de devenir le meilleur des papas.

Smith

Plus jeune, il ne savait pas comment être un modèle pour les autres. Que quelqu'un puisse vouloir lui ressembler était un putain de mystère pour lui, et pourtant ce fut le cas du petit garçon. Le petit garçon à fossettes le suivait partout, chaque fois qu'il lui rendait visite. Alors que le garçon grandissait, lui aussi devenait plus mature. Ce petit garçon finirait par devenir l'un de ses meilleurs amis, et le temps qu'il devienne aussi grand que lui, il serait son frère pour de vrai.

Hardin vient à la maison aujourd'hui. Je suis encore plus excité que d'habitude parce qu'il n'est pas venu depuis plusieurs mois. Lors de son déménagement, il avait promis de venir me rendre visite de temps en temps, autant que possible, disait-il. J'apprécie qu'il ait tenu sa promesse jusqu'à présent.

Ces derniers jours, mon père n'arrête pas de me donner des trucs à faire pour m'occuper, comme des devoirs de maths, vider le lave-vaisselle ou sortir le chien de Kim pour qu'il fasse ses besoins. J'aime bien promener le chien, Teddy – il est gentil et tout petit, je peux donc le porter dans mes bras quand il est trop fainéant pour marcher. Mais je reste quand même vraiment excité par la visite d'Hardin.

C'était une longue journée aujourd'hui, entre l'école, ma leçon de piano et maintenant les devoirs. J'entends Kimberly chanter dans l'autre chambre. Bon sang, ce qu'elle est bruyante. Parfois, je me dis qu'elle pense chanter juste, donc je ne lui dirai pas la vérité. Quelquefois, ses notes haut perchées effraient même son petit chien.

Chaque fois qu'il vient à la maison, Hardin m'apporte un livre. Je les lis toujours, nous en parlons un peu et, plus tard, nous nous écrivons à leur sujet. Parfois, il me donne des livres compliqués qui utilisent un langage que je ne peux pas comprendre, ou des livres que mon père me confisque car il pense que je suis trop jeune pour les lire. Il s'en sert alors pour frapper la tête d'Hardin, avant de les mettre de côté pour que je les lise, « un jour ».

Je trouve ça drôle quand Hardin dit des gros mots à mon père, ce qui accompagne généralement les coups sur sa tête.

Une fois, Tessa m'a raconté qu'Hardin avait l'habitude de m'apprendre des gros mots quand j'étais plus jeune, mais je ne m'en souviens pas. Tessa me raconte toujours plein d'histoires sur quand j'étais petit. Elle bavarde plus que n'importe qui d'autre, sauf Kim – personne ne parle autant ni aussi fort que Kim. Tessa n'en est pas loin, pourtant.

Quand je passe la porte d'entrée, le système d'alarme sonne plusieurs fois. Je tourne la tête et aperçois l'écran de la TV du salon allumé. Le visage d'Hardin, avec son gros nez, prend toute la place sur l'écran. Je vois son cou maintenant, et ses tatouages donnent l'impression qu'il est tout gribouillé. Je rigole et j'appuie sur le bouton du haut-parleur.

Hardin me demande :

— Ton père a encore changé le code ?

C'est drôle parce que ses lèvres bougent plus vite sur l'écran que sa voix à travers les enceintes.

Sa voix est pratiquement la même que celle de mon père, mais plus lente. Ma grand-mère et mon grand-père parlent comme eux parce qu'ils sont eux aussi nés en Angleterre. Mon père dit que j'y suis allé quatre fois, mais la seule fois dont je me souvienne, c'est l'année dernière, quand nous sommes allés au mariage de son ami.

Mon père s'est blessé pendant ce séjour – je me rappelle que sa jambe ressemblait à un morceau de viande qu'on aurait mouliné pour le faire cuire et le manger. Ça m'a fait penser à *The Walking Dead.* (Mais il ne faut pas lui dire que j'ai trouvé un moyen de regarder les épisodes.) J'ai aidé Kim à changer ses pansements, c'était vraiment dégueu, mais au final, il a des cicatrices trop cool. Kim a dû le trimballer sur une chaise roulante pendant un mois ; elle a dit qu'elle le faisait par amour pour lui. Si jamais je me blessais au point d'être en chaise roulante, je suis sûr qu'elle me pousserait moi aussi.

J'ouvre à Hardin et vais dans la cuisine. J'entends ses chaussures piétiner le sol du salon.

Kim entre dans la cuisine :

— Smith, chéri, tu veux manger quelque chose ?

Aujourd'hui, ses cheveux tombent en boucles autour de son visage ; elle ressemble à son chien, Teddy, dont les poils sont hirsutes. Je secoue la tête pour lui signifier que non, et Hardin nous rejoint.

— Moi oui. J'ai faim !

— Je ne t'ai pas demandé ton avis à toi. J'ai demandé à Smith.

Elle passe les mains sur sa robe bleue.

Hardin rigole, plutôt fort. Quand il secoue la tête comme ça, il me ressemble.

— Tu vois comment elle me traite ? Elle est horrible.

Je rigole aussi. Kim dit qu'Hardin s'en prend à *elle*. Ils sont trop drôles tous les deux.

Kim ouvre le frigo et en sort une carafe de jus de fruits.

— Tu peux parler !

Hardin rigole de nouveau et s'assied sur une chaise près de moi. Dans ses mains, il tient deux petits paquets emballés dans du papier blanc. Pas de ruban ni de petit mot. Je sais que c'est pour moi, mais je ne veux pas avoir l'air impoli.

Je les fixe en essayant de lire le titre des livres à travers le papier, mais ça ne sert à rien.

Je me tourne vers la fenêtre et fais mine de regarder dehors pour ne pas paraître trop mal élevé.

Hardin pose les paquets sur le bar, et Kim me tend un verre de jus de fruits avant de se rendre dans le garde-manger pour chercher des chips. Mon père dit toujours à Kim de ne pas me laisser en manger, mais elle n'écoute pas. Mon père dit qu'elle n'écoute jamais rien.

J'attrape le sachet, mais Hardin me le pique et l'agite quelques secondes au-dessus de ma tête.

Il me sourit.

— Je pensais que tu n'avais pas faim.

Le trou sous sa lèvre ressemble à un point que quelqu'un aurait dessiné sur son visage. Il avait un piercing avant, je m'en souviens. Je lui dis toujours de le remettre, mais lui me dit d'arrêter d'écouter Tessa.

— Maintenant, j'ai faim !

Je bondis et lui arrache le sachet des mains, et ça craque drôlement. Hardin hausse les épaules et semble content. Il me trouve drôle. Il me le dit tout le temps.

Une fois que j'ai ouvert le sachet, il prend une grosse poignée de chips et les enfourne dans sa grande bouche.

— Alors, tu n'ouvres pas tes cadeaux avant d'avoir des chips plein la bouche ?

Des miettes de chips s'éparpillent autour de lui quand il parle, et Kim grimace. Elle appelle mon père en hurlant :

— Christian !

Je rigole et Hardin fait semblant d'avoir peur. J'écarte le sachet de chips.

— Ok, puisque tu me le demandes, je veux ouvrir les livres d'abord.

Hardin prend les deux paquets et les tient bien serrés contre sa poitrine.

— Des livres, hein ? Qu'est-ce qui te fait croire que je t'ai offert des livres ?

— Parce que c'est ce que tu fais tout le temps.

Je lui montre le plus gros qu'il fait glisser sur le bar.

— Touché.

Je ne sais pas bien ce que cela signifie.

Oubliant mes bonnes manières, je déchire le papier jusqu'à ce que la couverture colorée apparaisse. C'est un garçon avec un chapeau de sorcier. Je lis le titre à voix haute :

— *La Chambre des secrets.*

J'adore cette série ! Je viens tout juste de terminer le précédent.

Je regarde Hardin dégager ses cheveux de son visage. Je suis d'accord avec mon père – il devrait se les faire couper. Ils sont aussi longs que ceux de Kim maintenant.

Il pointe le livre du doigt :

— C'est encore de la part de Landon. Il adore le petit sorcier.

Mon père entre dans la cuisine et jure contre Hardin qui lui donne une tape sur l'épaule. Kim les traite de gamins et me dit que je suis plus adulte qu'eux.

— Eh bien, c'est gentil de sa part. Smith, tu t'assureras de bien remercier l'ami de Tessa.

Hardin se moque de la remarque de mon père.

— L'ami de Tessa ? C'est *mon* frère.

Il sourit tout en grattant les tatouages sur ses bras. Je veux des tatouages comme les siens quand je serai plus grand. Mon père ne veut pas, mais Kim m'a dit qu'une fois que je serai parti de la maison, il ne pourra pas vraiment m'en empêcher.

Je pourrai avoir tout ce que je veux quand je serai plus grand. Je lui fais remarquer :

— Ce n'est pas ton *vrai* frère.

Mon père m'a expliqué que Landon n'était pas son frère pour de vrai.

Le sourire d'Hardin s'agrandit, puis il hoche la tête.

— Ouais. Mais c'est mon frère quand même.

Je m'interroge sur ce qu'il veut dire par là pendant que Kim demande à mon père s'il a faim. Hardin regarde autour de lui dans la cuisine. Il a l'air un peu triste tout à coup. Je lui demande :

— Ton papa est mon papa. Donc la maman de Landon, c'est ta maman ?

Hardin fait non de la tête, et mon père embrasse Kim sur l'épaule, ce qui, bien sûr, la fait sourire. On dirait qu'il la fait sourire tout le temps.

— Parfois certaines personnes peuvent se sentir de la même famille sans avoir les mêmes parents.

Hardin me fixe comme si j'étais supposé répondre quelque chose. Je ne comprends vraiment pas ce qu'il veut dire, mais s'il veut que Landon soit son frère aussi, ça ne me dérange pas. Landon est vraiment très gentil. Il vit à New York, donc je ne le vois pas souvent. Tessa est là-bas, aussi. Et mon père y a un bureau ; très clair et qui sent comme dans les hôpitaux.

Hardin pose sa main sur la mienne et je le regarde.

— Ce n'est pas parce que Landon est mon frère que tu ne l'es pas aussi. Tu le sais, hein ?

Je suis un peu gêné parce qu'on dirait que Kim va se mettre à pleurer et mon père a l'air effrayé.

— Je sais.

Je me penche sur le livre d'Harry Potter.

— Landon peut être mon frère, lui aussi.

Hardin a l'air heureux quand il sourit, et je lève de nouveau les yeux vers Kim pour regarder l'expression de son visage.

— Ouais, bien sûr qu'il peut.

Puis il regarde Kim.

— Arrêtez ça tout de suite, Madame ! On dirait que quelqu'un vient de mourir à voir votre réaction.

Mon père traite Hardin de tous les noms, et Kim fait un bond de côté pour éviter la pomme qu'Hardin lui balance. On dirait un joueur de base-ball à la manière dont il la lance dans les airs… puis croque dedans, ce qui nous fait tous rire.

J'attrape le second livre qu'Hardin fait glisser sur le bar. Le papier est plus difficile à arracher, et je me fais une petite coupure à cause de l'un des coins du livre. Je grimace un peu tout en espérant que personne n'aura remarqué. Si j'en parle, Kim voudra tout de suite me désinfecter et mettre un pansement, alors que là, j'ai juste très envie de découvrir ce nouveau livre.

Une fois le dernier morceau arraché, je vois une grosse croix sur la couverture du livre. Je prononce le titre à voix haute :

— Dra-cu-la ?

J'en ai déjà entendu parler. C'est un livre sur les vampires.

Mon père s'écarte de Kim et s'avance près du bar.

— Dracula ? Tu plaisantes j'espère. Il n'a même pas dix ans !

Il tend la main pour récupérer le livre.

Je regarde Kim pour chercher du soutien, mais elle pince les lèvres et lance à Hardin d'un air sévère :

— D'habitude, je suis de ton côté…

Hardin la traite de menteuse, mais elle continue de parler.

— Mais Dracula ? Choisir celui-là parmi tous les livres ? Harry Potter et Dracula – quel mélange !

Mon père hoche la tête et reste immobile comme une grande statue. C'est toujours sa manière de faire quand il veut montrer qu'il a raison.

Au bout d'un moment, Hardin lève les yeux au ciel et tire sur le col de son t-shirt noir.

— Désolé, mec, ton père est un crétin. Tu peux lire *La Chambre des secrets* maintenant, et quand je reviendrai la prochaine fois, je t'en apporterai un autre…

— Un autre sans scènes de violence.

La réflexion de mon père fait soupirer Hardin.

— Ok, ok. Pas de violence.

Il prend une drôle de voix pour dire ça.

Je rigole de nouveau. Mon père sourit, et Kim le prend dans ses bras.

Je me demande combien de temps va passer avant que je ne revoie Hardin.

— Quand est-ce que tu reviens ?

Hardin se frotte le menton.

— Hmm, je ne suis pas sûr. Dans un mois, peut-être ?

Un mois, c'est vraiment long, mais je suppose que lire Harry Potter *sera* long aussi...

Hardin se rapproche un peu de moi et me chuchote :

— Je reviendrai toujours et t'apporterai un livre à chaque fois.

— Comme mon papa faisait avec toi ?

Ses yeux se posent sur mon papa. Notre papa. Hardin ne l'appelle pas papa, pourtant. Il l'appelle par notre nom de famille, Vance. Pas celui d'Hardin ; le sien c'est Scott. Ça vient de son faux papa.

Quand j'ai voulu appeler mon papa Vance, il m'a dit que je serais puni jusqu'à mes trente ans si jamais je recommençais. Je n'ai pas envie d'être puni aussi longtemps, alors je l'appelle Papa.

Hardin monte sur la chaise.

— Ouais, comme il a fait avec moi.

Il a encore cet air triste, mais je n'en suis pas vraiment sûr. Hardin a l'habitude d'être tout le temps triste, puis en colère, puis de rigoler. Il est vraiment bizarre.

— Comment tu sais ça, Smith ?

Hardin rougit à la question de Papa et marmonne :

— *Ne lui dis pas.*

Je tends la main pour attraper les chips.

— Hardin ne veut pas que je le dise.

Hardin se frappe le front, puis le mien, et Kim nous sourit. Elle sourit beaucoup, tout le temps. J'aime quand elle rigole aussi ; ça sonne bien.

Mon père s'approche de nous.

— Ce n'est pas Hardin qui fait les règles ici, tu te souviens ?

Mon père pose ses mains sur mes épaules et les frictionne. J'aime bien quand il fait ça.

— Si tu me racontes ce qu'Hardin t'a dit, je t'emmènerai manger une glace et t'achèterai de nouveaux rails pour ton train.

C'est mon jeu préféré. Mon père m'achète toujours de nouveaux rails à ajouter à ceux que j'ai déjà. Et le mois dernier, Kim m'a aidé à tout emménager dans une pièce vide, alors maintenant j'ai une pièce entière rien que pour mes trains.

On dirait qu'Hardin transpire tout à coup. Mais il n'a pas l'air en colère, donc je me dis que je peux en parler à mon père.

En plus, j'aurai de nouveaux trucs pour mes trains.

Je brandis les gros livres.

— Il a dit que tu lui apportais des livres comme ceux-là. Et que ça le rendait heureux quand il était petit comme moi.

Hardin détourne la tête, et mon père a l'air surpris par ce que je viens de dire. Ses yeux brillent et il me fixe du regard.

— C'est ce qu'il t'a dit ?

La voix de mon père est bizarre. Trop bizarre. Je réponds en hochant la tête :

— Ouais, c'est ce qu'il m'a dit.

Hardin reste silencieux, mais me regarde de nouveau. Son visage est tout rouge et ses yeux brillants comme ceux de mon père. Je regarde Kim. Elle a ses mains devant la bouche.

— J'ai dit quelque chose de mal ?

Mon père et Hardin répondent « non, non » en même temps.

— Tu n'as rien dit de mal, petit bonhomme.

Mon père pose l'une de ses mains sur mon dos, l'autre sur celui d'Hardin.

Quand il fait ça, Hardin se dégage d'habitude. Aujourd'hui, il ne bouge pas.

Hessa

New York connaît l'un de ses étés les plus chauds quand Tessa accouche d'Auden. Nous sommes mardi, le jour de la sortie de mon nouveau roman. Tessa et moi sommes allongés sur le tapis et fixons le ventilateur du plafond que nous avons tout juste installé la semaine dernière.

Pour une raison inconnue, nous continuons de décorer constamment notre petit appartement. Nous savons que nous ne resterons pas ici, et pourtant nous persistons à dépenser de l'argent pour cet endroit. Quand nous avons décidé sur un coup de tête de refaire complètement la chambre de notre fils alors qu'il n'avait que huit semaines, la tâche s'est avérée bien plus pénible que ce à quoi nous nous attendions. À cause des travaux, le berceau d'Auden s'était retrouvé en plein milieu de notre chambre, au pied du lit. Je me sentais oppressé et à l'étroit, comme si nous étions des réfugiés sur un petit bateau qui décident de laisser la cabine principale à leur enfant de cinq ans, notre fille Emery, pendant que nous prenons le radeau de sauvetage.

Tess adore ça.

Certaines nuits, elle s'endort les pieds contre la tête de lit, en tenant la main d'Emery. La plupart du temps, je la réveille pour la remettre dans la bonne position en mordillant son oreille ou en massant ses épaules tendues. Sinon, j'enroule mes bras autour de ses jambes et m'endors comme ça. Quoi qu'il arrive, il faut que je la touche. Elle finit toujours contre moi au petit matin, à mordiller *mon* oreille ou à masser *mes* épaules à son tour.

J'ai l'impression d'être un vieillard ; mon dos me fait mal à force d'avoir besoin de ces foutues positions pour écrire : avachi sur le canapé ou les jambes croisées sur le sol avec mon ordinateur sur les genoux.

Tessa pointe le ventilateur du doigt.

— Il est abîmé. Nous devrions le repeindre.

En ce moment, la chambre d'enfant est peinte dans un jaune pâle assez doux pour ne faire ni trop masculin ni trop féminin. Nous voulions que cette pièce reste plutôt claire pour éviter de reproduire les mêmes erreurs – et de revivre le même calvaire – que lorsque nous avions supposé que notre fille voudrait des murs rose bonbon. Nous les avions donc peints dans cette couleur avant sa naissance, jusqu'à ce qu'Emery se rende compte qu'elle n'aimait pas vraiment le rose. Cela nous avait pris trois après-midi entiers et trois bonnes couches de vert pour recouvrir cette sacrée couleur. Nous avons donc tiré les leçons de cette expérience, et Tessa a appris quelques nouveaux gros mots de ma bouche. Elle a tellement insisté sur le fait que le jaune pastel discret était tendance que nous avons opté pour cette couleur ; tout le monde sait que je me *dois* de faire mieux que nos voisins et satisfaire ma femme. Ça, et aussi le fait que ça sera vraiment plus facile de repasser par-dessus quand Auden commencera à exprimer ses préférences.

La chambre d'enfant possède toutes sortes de nuances de jaune. Je ne savais pas qu'il en existait autant ni qu'elles pouvaient détonner à ce point-là. Elles proviennent toutes des petites excursions de Tessa chez IKEA et

Pottery Barn, ce qui, j'en suis sûr, arrive au moins trois fois par semaine. Elle y trouve toutes sortes de choses qu'elle adore et qu'elle serre contre sa poitrine, en s'exclamant : « Ce coussin ira teeeellement bien ! » ou « Ce jouet est si mignon que je pourrais le manger ! » Puis les objets en question finissent sous l'un des coussins du canapé ou, au hasard, dans un coin de la chambre d'enfant qu'elle estime n'être jamais assez remplie.

Au final, la pièce ressemble à une grosse boule à facettes flamboyantes, si bien que Tessa ne peut pas y rester plus de dix minutes sans avoir la nausée. Elle m'a fait promettre que je ne la laisserais plus jamais décorer une pièce – encore moins une chambre d'enfant. Et maintenant, elle veut que je repeigne tout de nouveau.

Qu'est-ce que je ne ferais pas pour cette femme.

Et je ferais bien plus encore. Je fais tout ce que je peux.

Une chose que j'aimerais faire pour elle, si j'avais une baguette magique, serait de réussir à ce qu'elle laisse son travail au bureau. Elle est tellement fatiguée depuis quelque temps, et ça me rend fou, putain. Elle ne lèvera pas le pied, je sais à quel point elle adore son travail. Sa carrière, c'est son troisième bébé. Elle bosse incroyablement dur pour réaliser les plus beaux mariages qui aient jamais existé. Elle est débutante, toute nouvelle dans ce milieu, et pourtant elle est vraiment incroyable.

Tessa était terrifiée au moment de me parler de son changement éventuel de carrière. Elle faisait les cent pas dans notre petite cuisine. Je venais juste de remplir le lave-vaisselle et de terminer de poser du vernis sur les ongles d'Emery. Je pensais m'en sortir plutôt bien dans cette nouvelle tâche, mais Emery a fait en sorte que Tessa m'incendie quand j'ai déclaré que le carnage que je faisais sur ses petites mains n'était pas mal, alors qu'en réalité le vernis rouge donnait l'impression qu'elle avait assassiné quelqu'un.

Je ne pensais pas que mes enfants puissent avoir une telle sensibilité ni un sens de l'humour aussi aiguisé.

— Bon, j'ai envie de décliner la promotion chez Vance et de retourner à l'école.

Tessa avait prononcé ces mots sur un ton parfaitement neutre.

Ou du moins ce que je prenais pour de la neutralité. Emery s'était assise en silence, n'ayant aucune idée de l'impact que les choix des adultes peuvent avoir sur leurs vies.

— Vraiment ?

J'essuyais une assiette avec un torchon.

Tessa a coincé sa lèvre inférieure entre ses dents, et ses yeux se sont élargis.

— J'y ai beaucoup pensé ces derniers temps, et si je ne le fais pas, je vais devenir folle.

Elle n'avait pas besoin de me l'expliquer. Tout le monde rêve de changement de temps en temps. Même moi, il m'arrivait de m'ennuyer parmi mes livres si bien que Tessa m'avait donné l'idée d'intervenir comme prof remplaçant deux ou trois jours par mois à Valsa, l'école primaire d'Emery. C'est là que travaille Landon.

Embauché, j'avais démissionné trois jours plus tard, mais ce fut une expérience enrichissante qui m'a fait gagner des points avec ma fille.

Comme toujours, j'ai encouragé Tessa à faire ce qu'elle désirait. Je voulais qu'elle soit heureuse, et ce n'est pas comme si nous avions besoin d'argent. Je venais tout juste de signer mon prochain contrat avec Vance, le troisième de ces deux dernières années. L'argent gagné grâce à *After* est allé directement sur un compte pour les enfants. Bon, juste après avoir acheté à Tessa un cadeau qui voulait dire « s'il te plaît pardonne-moi d'être un putain d'idiot en permanence ». Quelque chose de simple : un bracelet à breloques en métal pour remplacer l'ancien qui était en fil.

Au bout de quelques années, les fils s'étaient abîmés, mais Tessa avait gardé les breloques. Elle était complètement surexcitée en découvrant qu'il était possible d'en ajouter ou de les changer sur ce nouveau bracelet. Le concept me semblait assez débile, mais elle adorait.

Le matin suivant, Tessa a discuté avec Vance, décliné poliment la promotion, puis, de retour à la maison, a pleuré pendant une heure. Je savais qu'elle se sentirait coupable de quitter son travail, mais qu'elle ne resterait pas contrariée longtemps. Je savais aussi que Kim et Vance la rassureraient quotidiennement en attendant la fin de ses deux semaines de préavis.

Quand elle eut à organiser le mariage de son premier client, elle hurla de joie et je l'observais s'animer comme jamais. Je ne savais toujours pas pourquoi cette femme insensée était restée avec moi après toutes les conneries que je lui avais fait endurer étant plus jeune, mais j'étais content qu'elle l'ait fait, putain. Ne serait-ce que pour la voir aussi excitée que maintenant.

Évidemment, Tessa avait tapé dans le mille pour ce premier mariage. Ensuite, elle avait eu recommandations sur recommandations, ce qui lui permit d'engager deux employés après seulement quelques mois d'activité. J'étais fier d'elle, et elle l'était aussi. Avec du recul, ça semblait fou qu'elle craigne d'échouer.

Tessa fait partie de ces personnes insupportables qui transforment en or tout ce qu'elles touchent.

C'est un peu ce qui s'est passé avec moi.

Elle ne faisait que travailler, travailler, et se surmenait encore, même juste après l'accouchement d'Auden.

J'insiste :

— Tu as besoin d'une vraie nuit de sommeil. Tu es pratiquement en train de t'endormir là, par terre, en fixant le ventilateur.

Un coup de coude joueur s'enfonce dans ma hanche, et elle me chuchote dans le cou :

— Je vais bien. C'est toi qui n'as pratiquement pas dormi de la nuit.

Je sais qu'elle a raison, mais les délais qu'il me faut tenir ne me permettent pas de m'accorder beaucoup de sommeil. Par ailleurs, quand je bloque sur un passage, il reste figé dans ma tête et m'empêche de dormir. Pourtant, je n'aime pas l'idée qu'elle remarque mon manque de sommeil, puisqu'elle s'inquiétera toujours bien plus pour moi que je le ferai moi-même. Je glisse ma main sous son t-shirt pour caresser son ventre et insiste :

— Je suis sérieux. Tu as besoin de faire un break. Tu te remets tout juste du petit monstre qui t'a ouverte en deux.

Elle tressaille.

— Arrête.

Elle gémit en essayant de repousser ma main de sa peau douce. Je déteste qu'elle devienne si complexée depuis que nous avons notre fils. La naissance d'Auden a causé plus de dégâts à son corps qu'Emery, mais pour moi, elle reste toujours plus sexy que jamais. Je ne supporte pas l'idée que ma caresse puisse la rendre mal à l'aise à ce point.

— Bébé…

Je retire ma main, juste pour prendre appui sur mon coude, puis je me tourne vers elle en secouant la tête.

Elle pose deux doigts tièdes contre mes lèvres et sourit.

— Je connais cette partie du roman. C'est le moment où tu me sors le discours héroïque du mari sur ce que j'ai accompli pour avoir ces cicatrices et à quel point cet acte me rend plus belle.

Tessa donne une tournure dramatique à chaque mot.

Elle a toujours été une petite maligne.

— Non, Tess, c'est le moment où je te *montre* ce que je ressens quand je te regarde.

Je pose ma main sur sa poitrine et l'étreins juste assez fort pour l'enflammer et exciter son corps. Un petit bruit s'échappe de sa bouche avant même qu'elle ne s'en rende compte, puis elle gémit quand je pince ses tétons tout durs à travers ses vêtements.

Elle en a envie. Je le sais. Elle s'offre à moi ouvertement, et je m'enflamme instantanément.

Ma main s'aventure rapidement sous son short. Évidemment, une tache humide s'est déjà formée sur le devant de sa culotte. J'adore la sensation de son humidité et meurs d'envie de la sentir sous ma langue. Je retire mes doigts et les porte à mes lèvres. Tessa gémit, puis attire mon index et mon majeur dans sa bouche pour en sucer les extrémités.

Putain, cette femme me rend fou.

Ses yeux sont plantés dans les miens tandis que ses dents mordillent mes doigts. Je presse ma bite contre son corps pour lui faire sentir à quel point son petit jeu m'excite. Je tire sur la ficelle de son short en coton, puis le fais glisser le long de ses hanches jusqu'à ses pieds. Elle donne des coups de pied énergiques quand sa culotte reste coincée. Elle me veut, là tout de suite. Elle bouillonne autant que moi lorsqu'elle me déshabille. Le temps de me grimper dessus, elle a déjà retiré tous mes vêtements. Les complexes de Tessa semblent avoir disparu quand elle glisse le long de mon corps et approche ses lèvres humides de mon membre tendu. Elle me caresse du bout de sa langue brûlante et y recueille une goutte de mon sperme. Elle poursuit ses mouvements de va-et-vient, me prend de plus en plus profondément dans sa bouche pendant que je gémis son nom.

Je repose ma tête contre le sol et empoigne sa poitrine. Ses seins sont encore gonflés par l'allaitement – un changement physique qu'elle *adore* et dont il est clair que je ne me plains pas puisque je peux encore plus m'amuser avec.

— Putain, j'adore tes seins.

Sa bouche suce ma queue sur toute la longueur.

Puis Tessa me serre plus fort contre elle et s'active plus vigoureusement avec sa bouche tandis que ma pression monte. Au moment où je passe ma main dans ses cheveux, elle s'écarte et passe sa langue sur ses lèvres tout en me fixant du regard. Elle se redresse sur ses coudes pour déposer sa poitrine sur mon bas-ventre. Je respire fort, comme un petit chien qui attend que son maître s'occupe de lui après avoir passé une journée seul en cage. Tessa presse ses beaux seins l'un contre l'autre et je glisse ma bite entre eux. Je me répands sur sa peau après seulement trois mouvements. Elle sourit timidement et ses joues sont rouges de m'avoir donné autant de plaisir.

Elle se relève, puis me dit en regardant sa poitrine :

— Je vais avoir besoin d'une douche.

Le souffle court, j'attrape mon t-shirt noir sur le sol pour le passer sur ses seins. Elle repousse ma main en me faisant une grimace et se dirige vers la porte. Au fil des ans, elle apprécie de moins en moins que je nettoie nos fluides corporels avec mon t-shirt. Il semblerait que ce soit inapproprié. C'est à ça que servent les serviettes, me sermonne-t-elle à chaque fois.

Je la suis dans la salle de bains en énumérant dans mon esprit tout ce que je vais bien pouvoir lui faire pour lui rendre la pareille sous la douche.

Ses seins incroyables sont écrasés contre la vitre. Le miroir au mur est certainement l'un des meilleurs investissements de cet appartement.

Hessa

PÂQUES

— Hardin, Auden est debout !

La voix de Tessa transperce mon sommeil.

— Il faut réveiller Emery pour qu'ils trouvent leurs paniers de Pâques.

Elle me secoue l'épaule et me supplie de me lever.

— Allez, Hardin !

Elle parle à voix basse, mais une excitation à peine contenue transparaît dans son chuchotement. Si l'on me réveille de cette manière jusqu'à la fin de ma vie, eh bien, je suis un sacré veinard. Je grogne tout en l'attirant contre moi. Je presse mes lèvres contre sa tempe :

— C'est quoi ce boucan ?

Je repousse quelques mèches de ses cheveux qui tombent sur mon visage. Topless, elle colle sa douce poitrine contre mon flanc.

Elle soupire, puis enroule sa jambe mal rasée autour de la mienne. Je fais mine de sursauter pour plaisanter, et elle me repousse en rigolant.

— Les enfants doivent trouver leurs paniers et je veux commencer à préparer le petit déjeuner, donc tu dois te lever.

Et juste comme ça, comme si elle n'était pas du tout en train de m'exciter, elle détache son corps du mien et sort du lit.

— Allez viens, Bébé.

Je râle en regrettant la tiédeur de son corps.

Elle ouvre l'armoire et je jette un œil à sa poitrine nue. Un son plaintif s'échappe de ma gorge. Je regrette de ne pas l'avoir réveillée plus tôt pour la garder au lit avec moi. À cet instant précis, je serais en elle, enfoncé profondément dans sa chaude et humide…

Un oreiller m'arrive en pleine figure.

— Sors du lit ! Tu sais que nous avons plein de choses à faire aujourd'hui.

Je roule sur le lit king-size en soupirant, puis enfile un t-shirt avant qu'elle ne lance autre chose dans ma direction. Après plusieurs mois, elle vient tout juste de finir de redécorer la pièce; je suis sûre qu'elle ne veut abîmer aucun des précieux embellissements choisis avec le décorateur fou dont elle m'a assuré avoir besoin. Ce mec était un imbécile. Il a peint le salon en saumon et a dû repasser une deuxième couche une semaine plus tard dans une teinte un peu moins écœurante.

— Je sais, chérie. Les paniers, les lapins, les œufs et toutes ces conneries.

J'observe mon reflet dans le miroir accroché au mur et passe la main dans mes cheveux. Puis je tire mes cheveux en arrière avec le bandeau accroché autour de mon poignet, tout en remarquant le regard pressant de Tessa. Les coins de sa bouche tentent de rester immobiles, mais je vois bien qu'elle lutte pour rester sérieuse.

— Oui, et toutes ces conneries.

Elle finit par éclater de rire et attrape sa brosse à cheveux.

— Nous devons être chez Landon à 14 heures. Karen et Ken viennent d'atterrir et je n'ai même pas commencé à préparer la salade de pommes de terre que nous sommes censés apporter.

Après en avoir fini avec ses longs cheveux, elle me tend la brosse avec un sourire espiègle.

Je secoue la tête. Je n'ai pas besoin de les brosser ; mes doigts feront l'affaire. Je lui propose :

— Je m'occupe des pommes de terre pendant que tu te prépares. Maintenant, allons retrouver les enfants pour qu'ils cherchent leurs paniers.

Elle grimace, estimant sans doute que ma capacité à cuire des pommes de terre à sa place est une option douteuse. Je suis pourtant parfaitement capable de cuisiner… si toutefois on oublie l'épisode de Noël dernier, quand j'ai laissé brûler la dinde.

Tessa porte un pantalon en coton blanc et un t-shirt bleu marine ; sa peau est légèrement hâlée grâce au temps passé dehors sur la terrasse à s'occuper de son petit potager. Elle adore notre petit jardin, ici à Brooklyn ; c'est l'endroit qu'elle préfère dans cette nouvelle maison que je lui ai achetée pour fêter mon nouveau contrat avec mon éditeur.

Dans le couloir, elle s'arrête près de la chambre d'Emery.

— Réveille-la et rejoins-moi dans le salon.

Puis elle m'embrasse sur la joue et hurle le prénom de son fils.

Je lui donne une petite claque sur les fesses au moment où elle s'en va, ce qui lui fait lever les yeux au ciel – comme d'habitude.

En entrant dans la chambre d'Emery, je la trouve allongée de tout son long sur le lit, ses longues jambes dépassent de sa petite couette Disney.

— Em.

Je secoue doucement son bras.

Elle remue un peu mais garde les yeux fermés.

Je recommence et elle se plaint :

— Nooon.

Puis elle se retourne sur le ventre et enfonce sa tête dans l'oreiller.

Quelle petite comédienne, celle-là !

— Bébé, tu dois te lever. Auden va trouver tous tes œufs en chocolat si tu ne te…

Et là, elle bondit du lit, les cheveux blonds en pagaille. Ils sont ondulés comme les miens et épais comme ceux de sa maman.

— *Il n'a pas intérêt* !

Elle enfile ses chaussons en quittant la chambre comme une fusée.

Je la retrouve dans la cuisine en train d'ouvrir tous les placards en grand.

— *Où est le mien* ?

Tessa rigole tandis qu'Auden déballe maladroitement l'œuf en chocolat avec ses petits doigts potelés avant de l'engloutir tout entier dans sa bouche. Il mâche un peu, puis ouvre grand la bouche.

Tessa se penche vers lui et retire un morceau d'aluminium sur sa langue. Il sourit. Ses petites dents de travers sont recouvertes de chocolat. Il a perdu sa dent de devant la semaine dernière, c'est absolument adorable, putain. Je me moque de son zozotement, parce que c'est un des avantages d'être parent : je peux les embêter quand ça me chante. C'est comme un rite de passage.

Emery se plaint, la tête enfouie dans le placard de l'entrée.

— Maman ! Papa a caché le mien – pas vrai ? C'est pour ça que je ne le trouve pas !

Je rigole devant son cinéma.

— Oui. Oui, il l'a caché.

C'est une petite fille adorable. Seulement, elle fait preuve de beaucoup d'insolence et de préjugés pour une enfant de onze ans. C'est la raison pour laquelle elle n'a pas beaucoup d'amis.

Emery poursuit ses recherches dans toute la maison tandis qu'Auden dévore la moitié de son panier de friandises et jette des morceaux d'herbe synthétique sur le sol.

Je mets mon nez dans le panier :

— Il y a aussi un tambour là-dedans.

Il hoche la tête, la bouche toujours pleine de bonbons, mais se fiche royalement, semble-t-il, de tout ce qui n'est pas en chocolat.

— Papa !

Emery entre dans la cuisine les mains vides.

— Peux-tu me dire, s'il te plaît, où tu as caché mon panier ? C'est trop dur. Plus dur que l'année dernière.

Elle se tient debout, près du tabouret sur lequel je suis assis, et enroule son bras autour de ma taille. Elle est si grande pour son âge. Elle essaie de m'amadouer, en suppliant.

— S'il te plaîîîîîîîît.

— Tu ne m'auras pas, ma chérie. Je vais te donner un indice, mais un câlin et une voix douce ne suffiront pas à me corrompre. Tu dois travailler pour obtenir les choses, tu te souviens ?

Elle fait la moue et me serre plus fort contre sa poitrine.

— Je sais, Papa.

Sa nouvelle tactique me fait sourire et j'observe Tessa par-dessus mon épaule en train de surveiller Emery d'un regard suspicieux.

— C'est un endroit où tu n'es jamais, jamais, allée. Là où se trouvent les vêtements que tu refuses de nous aider à plier.

Je passe ma main derrière son dos, et elle détache ses bras de mon cou.

— La machine à laver !

Auden s'est mis à hurler.

Emery pousse un cri perçant et se rue vers son frère pour lui caresser le haut de la tête. Il sourit en recevant les félicitations de sa grande sœur, ce qui le fait terriblement ressembler à un petit chiot.

Une minute plus tard, Emery revient en courant dans la cuisine avec son panier. Des petits œufs de Pâques en chocolat tombent sur le sol, mais elle les ignore et continue de fouiller dans son panier rempli. Tessa se lève pour aider Emery à ranger son bazar, bien que ça ne semble pas du tout la préoccuper.

Emery s'assied sur le sol, le panier posé sur ses jambes croisées, puis engloutit une poignée de bonbons colorés. Je me tourne vers Tessa et Auden. Il est dans ses bras et lui entoure le cou. Dans cette position, il a l'air presque aussi grand que sa maman. Putain, je me demande comment le temps a pu filer si vite et comment j'ai pu – moi, le petit merdeux taré et rebelle – faire des enfants aussi calmes et aimants.

Je veux dire, Emery a eu ses phases de colère, bien sûr. Comme quand elle a balancé une plante contre le mur. Mais ça a été vite réglé : elle m'a fait sortir de mes gonds. Hors de question de rentrer dans ces délires d'enfant gâtée. Elle n'a aucune raison d'être en colère à onze ans. Pas comme moi à son âge. Elle a deux parents qui l'aiment et qui sont toujours là pour elle.

Vraiment, ce sont tous les deux de super-enfants.

Tessa et moi sommes constamment présents pour eux. Ils ne partent jamais sans un câlin, un baiser, et récoltent au moins deux *Je t'aime* à la guimauve avant chaque fin de journée. Emery possède toujours les derniers trucs à la mode, ce qui lui permet de faire partie du groupe des enfants populaires de l'école. Je ne veux pas que mes enfants soient comme moi, le gamin avec des trous dans ses chaussures. Je veux qu'ils sachent ce que ça fait de vouloir des choses, comme les jouets, puis qu'ils apprennent à les gagner en faisant des choses simples comme des câlins, des bisous et des compliments, dont ils ne manqueront jamais en retour. Nous l'avions décidé au moment où ils sont nés. Je ne deviendrai pas comme mon père. Aucun des deux. J'allais élever des enfants qui se sentiraient aimés et n'auraient jamais à se poser de questions ou à s'imaginer qu'ils sont seuls au monde. Le monde est trop grand pour y être seul, particulièrement pour deux petits Scott.

J'ai mis un terme au cycle infernal des pères pourris avant de ruiner deux petites vies.

Une heure plus tard, Emery s'est rendormie, une jambe en l'air sur le dossier du canapé et un bras ballant sur le côté. Auden est sur son divan préféré, supposé être « miniature ». Tessa l'a rapporté à la maison malgré mes protestations. Ce canapé, arrivé entièrement recouvert d'un magnifique ottoman hors de prix, prend bien trop de place pour un salon de Brooklyn. Comme je n'ai pas eu mon mot à dire pour les meubles, me voilà en train de fixer mon enfant de six ans, assommé par son orgie de bonbons, des traces de chocolat encore visibles sur le coin de son petit menton. Il a pris davantage de moi que de sa maman.

— Regarde comme ils sont mignons.

Je me retourne pour dévisager Tessa, elle a l'air épuisé ; ses yeux sont rouges et sa peau est légèrement pâle.

Je pose mes lèvres sur ses joues, espérant leur redonner un peu de couleur. Elle soupire, et je sens ses mains se poser sur mon ventre. Je lui demande :

— Qu'as-tu l'intention de faire pendant cette petite pause sieste ?

Elle profite toujours de chaque précieuse petite minute que représente la sieste des enfants – qui est de plus en plus brève – pour faire des choses. Cette femme en fait toujours trop mais n'écoute pas un mot de ce que je lui dis, donc il n'y a rien à faire.

Je l'observe en train de faire une longue liste dans sa tête.

— Eh bien…

Puis elle commence à balancer des bribes de phrases comme « appeler Fee pour le gâteau » ou « faire en sorte que Posey revérifie les bouquets » et encore d'autres choses que je n'entends pas, quand je pose ma main sur l'entrejambe de son pantalon souple. Elle me regarde attentivement tandis que je tire sur le cordon et plonge mes doigts dans sa culotte.

— Cesse de me déconcentrer.

Sa voix est plaintive, mais elle rapproche son corps du mien pour que je lui donne encore plus de plaisir.

— Tu travailles trop.

Ça fait treize fois que je le lui dis cette semaine, mais elle lève les yeux au ciel pour la treizième fois.

Puis elle saisit le poignet que je n'utilise pas et pose ma main sur sa poitrine.

— … Dit l'homme qui ne dort pas pendant plusieurs jours d'affilée quand il a une *deadline*.

Elle est disposée à être déconcentrée aujourd'hui. Ça change un peu de d'habitude, et j'ai bien l'intention d'en profiter.

Je la caresse vigoureusement en observant ses seins se balancer de haut en bas. Elle pousse un gémissement, ce qui me fait comprendre qu'elle en veut plus. Je vais le lui donner.

J'attrape sa main et la traîne dans le couloir. Elle marche rapidement, impatiente d'arriver dans notre chambre. Au moment de franchir la porte, Tessa la claque violemment, manquant au passage décrocher du mur une peinture géante des enfants. Quand elle m'a proposé de le faire, au début, j'ai trouvé ça flippant. Mais Tessa adorait l'idée d'avoir une image d'eux à cet endroit, de la taille d'un foutu panneau publicitaire. La seule chose que j'ai pu imposer, c'est qu'il soit installé à l'opposé de notre lit. Pas question que je fixe ce tableau fluorescent représentant une version abstraite de mes enfants pendant que je baise ma femme. Pas question, putain.

— Viens ici.

Je l'invite à s'installer sur mes genoux.

Je suis assis sur le rebord de notre grand lit. Ces derniers mois, nous avons partagé épisodiquement notre lit avec nos deux enfants. Auden a traversé une phase de cauchemars durant laquelle je restais éveillé toute la nuit en me demandant si c'était quelque chose qu'il avait hérité de moi. Jalouse de son petit frère, Emery en avait fait autant. Elle venait me demander en chuchotant de la protéger de ses « mauvais rêves », ce qui n'était pas vrai. Elle s'essuyait les yeux comme si elle avait de nouveau six ans et tout le tintouin.

Les deux s'allongeaient entre nous.

C'était génial, croyez-moi.

— Hardin ?

La voix de Tessa est douce et rauque, et ses yeux sont plantés dans les miens.

— À quoi penses-tu ?

Ses doigts parcourent mon ventre de haut en bas et ses ongles éraflent doucement ma peau.

— Aux enfants quand ils avaient l'habitude de dormir dans notre lit.

Je hausse les épaules en souriant.

— Étrange.

Elle penche la tête et un sourire se dessine sur ses lèvres.

— Ce qui est étrange, c'est que c'est moi qui suis distrait alors que d'habitude c'est toi, ma chérie.

Je joue avec ses tétons tout durs, et elle gémit. Je fais passer son t-shirt par-dessus sa tête. Il tombe sur le sol, puis elle secoue ses cheveux en arrière, ce qui lui donne un air sauvage avec ses joues rouges et ses lèvres roses. Chevelure blonde sauvage et regard gourmand. Je la caresse et promène mes doigts le long de la doublure de son soutien-gorge noir en dentelle. Cette femme porte de la lingerie tellement sexy. Je plonge mes mains à l'intérieur et sors ses nichons.

— Allonge-toi, Bébé.

C'est un ordre.

Elle fait glisser son pantalon et sa culotte, s'en débarrasse sur le sol et se rallonge sur le lit. Elle attrape un oreiller pour le glisser sous sa tête. Je comprends tout de suite ce qu'elle veut dans son regard : elle veut que je m'occupe d'elle. C'est ce qu'elle préfère ces derniers temps.

Elle est fatiguée, déprimée, et ses pieds lui font mal. Elle veut donc simplement être dorlotée. Elle me le rendra, bien sûr – ma femme me rend toujours ces traitements de faveur en prenant ma bite au fond de sa gorge les matins où les enfants nous permettent de dormir plus tard que sept heures du matin. Tessa soulève ses jambes, les replie, puis écarte les cuisses en grand, juste devant moi. Je mordille mes lèvres, tentant de contenir un grognement avant qu'il ne s'échappe de ma bouche.

Elle est trempée, luisante sous la lumière. Impossible de me contrôler avec elle. Je me jette presque sur elle, presse ma bouche ouverte contre sa peau douce et mouillée. Ma langue lèche sans s'arrêter et vigoureusement son corps, puis la suce doucement.

Elle décale ses hanches en poussant son corps contre le mien. J'enroule mes mains autour de ses cuisses et l'attire violemment vers le rebord du lit. Elle glapit, un adorable petit son mêlant surprise et excitation. Mes mains sont agrippées à son cul et ma bouche la dévore pendant qu'elle gémit mon nom parmi des *oui* et des *mon Dieu* ainsi qu'un millier d'autres choses cochonnes.

J'adore ses petites exclamations d'encouragement. Ça me donne envie de lui faire trembler les jambes et serrer fort les draps. Maintenant, elle agrippe mes cheveux, à pleines mains. Putain, ce que c'est bon ! Sa voix se brise.

— Har-din…

J'approche un doigt vers sa chatte avant de l'y insérer, ce qui la rend complètement folle. Je dessine de petits cercles sur son clitoris avec ma langue, le butinant et l'encerclant. Je répète ce geste encore et encore. Quand elle jouit, je goûte la meilleure des saveurs.

Je redresse la tête pour respirer et pose ma tête sur son ventre tandis qu'elle reprend son souffle. Elle tire sur mes cheveux pour me traîner vers le haut de son corps. Je bande toujours et le fait d'être allongé sur son corps nu ne me laisse rien entrevoir d'autre que le sexe dans la liste de mes besoins et de mes désirs. Tessa le sait, c'est pourquoi elle se cambre de nouveau pour se frotter contre moi.

En pressant mon membre dur contre son sexe humide, je lui demande :

— Tu as envie que je te baise ? Tu n'en as pas eu assez ?

— Je n'en ai jamais assez...

Je gémis quand elle enroule sa main autour de ma bite et la guide à l'intérieur d'elle. Je reste un long moment comme ça, sans bouger, juste à observer avec émerveillement ses yeux se révulser. Ses seins sont écrasés contre mon torse, ses cuisses enroulées autour de ma taille.

— Encore.

Elle me supplie en souhaitant que je bouge à l'intérieur d'elle. Je m'exécute, et m'enfonce rapidement. L'une de ses mains est dans mes cheveux pendant que l'autre griffe mon dos.

— Je ne vais pas tenir longtemps.

Pas du tout.

Je sens ses jambes se resserrer autour de moi, et j'atteins l'orgasme à ce moment-là, en lui donnant les derniers coups de reins. Son corps se liquéfie en même temps que le mien. Elle garde les yeux fermés, et je m'écroule près d'elle.

Alors que je récupère mon souffle, je jette un œil à Tessa. Ses yeux bleu-gris sont fermés et ses lèvres entrouvertes.

Elle est aussi belle que le premier jour où je l'ai rencontrée.

Je me souviens à peine du gosse que j'étais quand j'ai fait sa connaissance, mais depuis, chaque détail de notre vie ensemble fuse dans ma tête comme une mélodie.

Cette femme têtue refuse toujours de se marier civilement. Mais elle est ma femme quoi qu'il en soit, et la mère de mes deux beaux enfants. Nous en voulons au moins un dernier, quand elle aura un peu moins de travail.

Je suis anxieux à l'idée de donner naissance à un autre enfant dans ce monde. Je suis un peu plus inquiet à chaque fois.

La responsabilité d'élever d'honnêtes êtres humains pèse lourdement sur mes épaules, mais Tessa en porte l'autre moitié et me rassure en me disant que nous sommes de superparents. Je ne suis pas comme mon père, j'ai ma propre personnalité. Forcément, j'ai commis ma part d'erreurs moi aussi, mais je pense avoir purgé ma pénitence et avoir été pardonné. Je ne suis pas particulièrement croyant, mais je sais qu'il existe quelque chose de plus grand que Tess et moi dans ce vaste jeu ici-bas. Je n'avais rien dans ce monde et aujourd'hui j'ai tout. Je suis fier de moi à présent. J'aperçois ma propre lumière dans les yeux de mes enfants et j'entends ma joie dans leurs rires.

Je suis fier de ce que j'apporte dans les vies des adolescents de la région grâce aux fonds récoltés pour la communauté. J'ai rencontré des milliers de personnes dont la vie s'est trouvée affectée par mes mots sur des pages. Je me suis battu si longtemps pour tout garder en moi, mais une fois que j'ai tout laissé sortir, mon cœur s'est ouvert. J'aurais été égoïste de ne pas partager mes expériences, de ne pas aider les ados qui souffrent de dépendance et de troubles mentaux. Au fil des années, j'ai appris à ne plus me focaliser sur le passé mais à simplement regarder vers l'avenir. J'ai bien conscience que mes pensées paraissent très clichées et complètement ringardes, mais c'est pourtant la vérité.

J'ai erré dans les ténèbres pendant si longtemps, j'ai envie d'aider les autres en leur apportant de la lumière.

J'ai le bonheur d'avoir une famille que je n'aurais même pas pu imaginer en rêve, et j'élève des enfants qui seront bien meilleurs que je ne l'ai été.

La tête de Tessa retombe sur le côté, et je repousse ses cheveux de son visage endormi. Elle a été mon repos, mon feu, mon souffle, ma douleur et qu'importe ce que nous avons traversé, chaque seconde valait la peine d'être vécue pour en arriver à la vie que nous avons aujourd'hui.

J'ai entraîné Tessa avec moi en enfer et nous en sommes revenus, mais voilà où nous en sommes. Après tout ça, nous avons construit notre propre version du paradis.

FIN

REMERCIEMENTS

J'ai l'impression que les remerciements pour ce livre sont exactement les mêmes que ceux des précédents, mais les mêmes merveilleuses personnes m'ont aidée à les faire exister – alors merci à tous !

Adam Wilson, une fois de plus, je te remercie d'avoir travaillé si dur avec moi. La personne que tu es et la patience dont tu as su faire preuve avec moi m'ont tellement appris. Nous avons produit sept livres ensemble (dont la longueur s'apparente à dix) en une année, et c'est juste complètement dingue ! J'attends les trois prochains avec impatience.

Kristin Dwyer, t'es la meilleure, meuf ! Tu m'aides à rester organisée (autant que possible, sachant que je commence tout juste à noter les rendez-vous dans mon agenda). Merci pour tout !

Wattpad, merci d'être encore ma plate-forme à ce jour, d'être resté tels que vous êtes et de donner à des millions de gens l'opportunité de faire ce qu'ils aiment.

Ursula Uriarte, c'est complètement fou de penser que tu es entrée dans ma vie en tant que blogueuse fan de mes livres et que tu es maintenant l'une de mes amies les plus proches. Même si je n'arrive toujours pas à épeler ton nom correctement, tu es tellement, *tellement* importante pour moi, et pour Hardin et Tessa. Tu les aimes autant que je les aime, et ça compte beaucoup pour eux. (Ils me l'ont dit !)

Vilma et RK, je vous aime tous les deux. Votre amitié est si précieuse à mes yeux. Vous m'avez enseigné les différentes étapes de la rédaction d'un livre et avez su m'écouter quand il m'arrivait de paniquer.

Ashleigh Gardner, merci, je n'aurais pas pu avoir meilleur agent, et amie !

Merci aux rédacteurs et à l'équipe de production qui ont travaillé si dur et dans un laps de temps aussi court.

Un immense merci à toutes mes maisons d'édition étrangères, des éditeurs aux publicitaires en passant par tous les autres collaborateurs. Vous avez abattu tant de travail pour traduire et commercialiser mes livres à travers le monde et ça compte tellement pour moi et mes lecteurs. J'ai passé des moments incroyables à visiter tant de lieux différents et à rencontrer tant de lecteurs aux quatre coins de la planète.

PAPIER À BASE DE FIBRES CERTIFIÉES

Le Livre de Poche s'engage pour l'environnement en réduisant l'empreinte carbone de ses livres. Celle de cet exemplaire est de :
300 g éq. CO_2
Rendez-vous sur www.livredepoche-durable.fr

Composition réalisée par Lumina Datamatics, Inc.

Achevé d'imprimer en décembre 2020 en Espagne par
Liberdúplex
08791 St. Llorenç d'Hortons
Dépôt légal 1re publication : février 2017
Édition 16 – décembre 2020
Librairie Générale Française
21, rue du Montparnasse – 75298 Paris Cedex 06

79/7847/3